은양

은양

초판 1쇄 발행 2024년 8월 12일

지은이 김서련
펴낸이 강수걸
편집 이선화 강나래 오해은 이소영 이혜정 김효진 방혜빈
디자인 권문경 조은비
펴낸곳 산지니
등록 2005년 2월 7일 제333-3370000251002005000001호
주소 부산시 해운대구 수영강변대로 140 BCC 626호
전화 051-504-7070 | 팩스 051-507-7543
홈페이지 www.sanzinibook.com
전자우편 sanzini@sanzinibook.com
블로그 sanzinibook.tistory.com

ISBN 979-11-6861-364-5 03810

은양

김서련
장편소설

산지니

차례

1부

보이지 않는 것

1

"대체 저게 뭐야?"

아침 6시쯤, 연산동 사거리에서 좌회전 신호를 기다리고 있을 때였다. 무심코 고개를 든 나는 두 눈을 커다랗게 떴다. 4차선 도로 정면에 떡 버티고 있는 희끄무레한 산이 이상했다. 바로 옆 호위하는 듯 빙 둘러싼 3개의 푸른 산과 달리 나무 한 그루도 보이지 않았다. 민둥산인가. 눈을 크게 뜨고 몇 번이나 끔벅거렸다. 자세히 보니 산 높이는 다른 산의 4분의 3쯤이고 꼭짓점을 날카로운 무기로 싹둑 자른 것처럼 평평한 꼭대기엔 굴착기 3대가 우두커니 세워져 있다.

뭐지?

산을 개간하는 것인가. 그것도 아닌 것이 주변에 파헤쳐 놓은 흙더미가 보이지 않았다. 그것은 마치 은양의 터줏대감처럼 당당하고 거만해 보였다. 직진해서 차를 몰고 가면 도로 한가운데에 우뚝 서 있는 그것과 부딪칠 것만 같았다. 순간 숨이 탁 막히면서 가슴이 철렁, 내려앉았다. 이어 돌덩이가 짓누르는 듯 가슴이 무거워졌다. 이 느낌은 또 뭐지? 꼬리를 물고 일어나는 생각을 하나로 모았다.

왜 보지 못했을까. 하루에 한두 번은 들락거리는 마창이었다. 오고 가면서 분명히 봤을 것이다. 그런데도 눈에 들어오지 않았다. 보면서도 보지 못한 것이다. 무엇이 내 눈을 가렸었나.

서울 생활을 청산하고 인구 10만의 은양으로 출퇴근한 지 일 년, 정말 많은 일이 있었다. 그린워싱 사건은 끊임없이 재생산되면서 인터넷에 떠다녔다. 한 시민의 제보를 받은 전직 기자 출신 J는 자신이 운영하는 일인방송을 통해 우리 회사 신제품 홍보를 자연 이미지를 남용한 그린워싱으로 몰고 갔다. 내가 제안한 것이다. 홍보실에 근무하던 나는 신제품 출시 마케팅 공모전에 자연 이미지 제안서를 냈고, 선정되어 마케팅팀에 합류했다. 사력을 다해 만든 광고로 신제품 음료수 라벨에 지리산 멸종 위기 동물인 반달가슴곰을 삽입하고 자연환경을 보호한다는 글을 넣었다. 하지만 J는 광고가 플라스틱 페트병이 바다에 버려져 물고기들이 피해를 입는다는 글을 언급하지 않았고, 그것은 소비자를 교묘하게 속인 그린워싱이라면서 우리 회사를 공격했다. J의 기사는 가짜와 진짜가 뒤섞인 이상한 모양새의 동영상이 되어 인터넷 플랫폼으로 퍼졌고 쓰레기처럼 쌓여 갔다. 나름대로 확신하고 제안한 자연 이미지 홍보였다. 회사 그린워싱 기사는 일간지로 번져 갔고 제품 불매 운동까지 이어졌다. 몇 달 지나면 사람들 관심이 시들해지리라 생각했는데, 아니었다. 기후 이상으로 지구 곳곳에 재난이 일어날 때마다 그 사건은 되살아났고 인터넷에 떠다녔다. J는 날이 갈수록 수위가 높은 언어로 우리 회사를 매도했고 그럴 때마다 그의 유튜브 구독자는 증가하고 댓글도 늘어났다.

마케팅 공모전에 자연 이미지 아이디어를 낸 것은 술자리에서 신제품이 친환경이라고 개발과의 누군가가 그러더라는 진영의 말을 귀담아들은 것도 있지만 꼭 그것 때문만은 아니었다. 아버지는 할머니가 남겨준 지리산의 집을 작업실 삼아 그림을 그렸고 방학 때마다 초등학교 선생이던 엄마는 나와 동생을 데리고 그곳에 내려가곤 했다. 내가 거기서 뭘 했겠는가. 그림을 그리거나 동네 아이랑 여기저기 쏘다니면서 보냈다.

어릴 적 나는 유난히 자연을 좋아했다. 아침에 동쪽 하늘을 붉게 물들이면서 떠오르는 해를 좋아했고 한 치 앞을 볼 수 없는 짙은 안개를 좋아했고 숲과 꽃과 곤충과 동물을 좋아했다. 그런 기억에서 친환경 제안서가 만들어진 것이다.

회사가 궁지에 몰리자 사람들은 하나둘 내게서 등을 돌리고 순수한 나의 의도를 자신들 잣대로 해석하고 술안주로 삼았다. 한마디로 나는 회사에서 왕따를 당했다. 밥 먹자는 사람도 차 마시자는 사람도 술 마시자는 사람도 없었다. 평소 잘 지내던 사람들이 내 눈치를 보면서 슬금슬금 뒷걸음질을 쳤다. 상황이 이상하게 돌아갔지만 나는 마치 아무 일도 없었던 것처럼 출근하고 일하고 점심 먹고 퇴근했다. 대응하지 않고 모르는 척했다. 지금에야 그것이 무슨 일에 부딪히면 정면으로 바라보고 대응하는 것을 두려워하는 나의 성격때문이고 그것이 나를 은양까지 끌고 왔다는 걸 인지했지만 그 당시엔 그게 나의 최선책이었다. 아무튼 그린워싱 사건은 걷잡을 수 없이 커졌고 사람들의 생각은 분분했다. 어떤 이는 광고 욕심 때문에 회사에 피해를 주었다면서 노골적으로 날 비난했고 어떤 이는 말을 아꼈고 어떤 이는 옹호하기도 했다. 가슴에 커다란 응어리가 생겼지만 인내했다. 시간이 지나면 저절로 해결될 것이라고 생각했다. 하지만 결국 더는 버티지 못하고 회사에 사표를 던졌다.

회식을 하고 몇몇이 2차 술자리를 할 때였다. 어색했지만 사내 비밀 연인이던 진영이 있어서 주섬주섬 따라갔다. 자연스럽게 그 사건이 나왔고 화제는 책임 소재지로 옮겨졌다. 누군가 신제품 홍보 실패가 근본적으로 나의 부주의 때문이라고 단언하듯이 말했다. 환경 문제가 대두하면서 많은 기업이 자연 이미지를 홍보하고 있지만 그럴수록 신중하게 접근했어야 했다는 것이다. 먼저 신제품이 자연 제품인지 확인을 하고 그 주제와 관련 검색 트렌드를 분석하고 SNS 조사도 해야 하는데 그런 걸 다 생략했다는 것이다. 그의 말이 끝나기도 전에 누군가 무지도 죄라는 말을 꺼냈다. 일순 주변이 조용해졌다. 평소에 입바른 소리로 사람을 곤혹게 하는 동료였다. 대체 무슨 말이 하고 싶어서. 나는 그의 얼굴을 빤히 쳐다보았다. 그는 몇 번 입술을 옴죽거리더니 시선을 아래로 떨어뜨렸다. 잠깐 시간이 지난 뒤 누군가 어떻든 나의 부주의로 회사 이미지가 추락했다면서 어떤 식이든 책임을 져야 한다고 말했다. 틀린 말은 아니었다. 사물이나 상황에 대해서 무감각하게 대응하는 것. 그 누구에게도 들키고 싶지 않은 나의 단점이었다. 그걸 그들은 아주 냉정한 얼굴로 들먹거렸다. 자리를 박차고 일어나고 싶었다. 하지만 나의 실수가 이 상황을 만든 것, 감수하자, 고 마음을 다독거렸다. 사람들은 하나가 되어 날 공격했다. 날 죽여야만 살 수 있다는 듯 필사적이었다. 살기등등한 자리에서 날 구해 줄 이는 단 한 명, 진영이었다. 그런데 진영 또한 머리를 푹 숙이고 한마디도 하지 않았다. 진영의 그런 행동에 지리멸렬한 연애에도 꼭 붙잡고 있었던 끈 하나가 싹둑 잘리는 느낌이었다. 비정한 생존의 세계였다. 쓸쓸함과 슬픔이 한꺼번에 몰려왔다. 사랑 끝에 남은 것은 냉혹한 현실이었다. 원래 냉혹한 현실인데 사랑에 눈이 멀어서 보지 못했나. 휘몰아치던 감정이 지나가자 진영 입장이 충분히 이해되었다. 그 상황에서 진영이 무슨 일을 할 수 있겠는가. 문제는 J가 내 신상까지 까발리기 시작한 것이다. 그 홍보의 주범이라면서 날 매도했다. 의사소통하면서 차분히 상황을 해결하려던 나의 계획은 하루아침에 뭉개지고 쫓기듯 동래로 내려왔다.

지난 일 년 동안 그런 일련의 일들을 떠올리면서 자연 이미지 제안서를 기획할 때 상황을 분석하고 또 분석했다. 회사 신제품이 친환경 제품인지 왜 확인하지 않았을까. 그즈음 상황을 떠올렸다. 진영과의 연애는 진흙탕으로 치닫고 있었다. 둘 다 결혼에 대해선 언급하지 않았고 연애가 주변에 알려지면 불이익이 있을 거라는 생각을 하면서도 멈추지 못했고 시간이 지나면서 식어 가는 연애를 끝내지도 못하고 애물단지처럼 붙들고 있었다. 결별할 시점이었다. 인지하고 있으면서도 선뜻 결정을 내리지 못했다. 끝난 뒤에 닥쳐올 감정이 두려웠다. 열다섯 살에 부모님과 동생을 한꺼번에 잃은 고통을 다시는 겪고 싶지 않았다. 몰려오는 불안감과 두려움을 물리치기 위해 일에 집중했다. 실제로 자연 이미지 제안을 하고 기획을 할 때 간간이 진영을 잊었다. 그런 식으로 그린워싱 홍보를 하게 된 연결고리를 찾아갔다. 하나의 감정에서 파생된 일은 또 다른 일을 만들고 미세한 줄로 이어져 있는 것 같았다. 그리고 잡지사 일도 만만찮았다. 인력이 부족한 만큼 몇 가지 일을 해야 했다. 열악한 지역에 뒤늦게 창간한 회사는 다른 언론사와 차별성을 앞세웠고 은양 구석구석을 발로 뛰어다녔다. 신문사와 달리 잡지사는 지면 퀄리티가 중요했다. 이미지 해상도를 많이 따지는데 별도의 사진기자가 없는 터라 기자들이 직접 사진을 찍었다. 지면을 채우는 일은 그리 어렵지 않았으나 사진은 시간을 내서 배워야 했다. 게다가 수입 주 원천인 광고는 맨땅에 헤딩하는 심정이었다.

점핑 클럽 주차장에 차를 세우고 시동을 끄는데, 한 장면이 휙 스쳐 갔다.

아, 그 쓰레기 산!

그러니까 연산동 사거리에서 본 희끄무레한 산은 바로 쓰레기 산이었다. 은양매거진을 창간했을 무렵 사무실은 진계다리 근처에 있었고 그때 본 쓰레기 산이 거대한 산이 된 것이다. 정확히 말하면 건축폐기물을 쌓아 놓은 것이지만 사람들은 쓰레기 산이라고 불렀다. 그런데 그때 그것이 저렇게 거대해졌단 말인가.

2

일 년 전, 은양매거진 사무실은 진계다리 근처에 있었고 나는 사무실 근처에 차를 세워 두고 도시철도와 버스를 갈아타고 출퇴근했다. 삭막한 콘크리트 도시 풍경은 버스를 타고 몇 분 만에 완전히 달라졌다. 마치 공간이동을 한 듯 산과 들판이 펼쳐졌다. 20분 남짓 버스를 타고 가면서 푸른 산과 하늘, 강, 들판을 보는 것은 그즈음 유일한 낙이었다.

쓰레기 산을 처음 본 그날은 아침부터 기분이 울적했다. 전날 밤, 인터넷에 들어가서 본 동영상이 무겁

게 가슴을 짓눌렀다. J는 그린워싱하는 기업을 응징해야 한다면서 우리 회사의 사례를 들었다. 그린워싱에 대해 정식으로 사과를 하고 신제품 라벨을 바꾸고 잠정적으로 생산을 중단한 회사를 자꾸만 몰아세우는 그의 의도가 미심쩍었다. 신문사를 그만두고 유튜브 개인방송을 차린 게 혹시 우리 회사 때문인가, 무슨 억하심정이라도 있는 것인가, 하고 의문을 가질 정도로 그는 집요하게 우리 회사를 물고 늘어졌다. 심지어 J를 역추적하고 싶은 마음까지 생겼다.

진영에게 전화가 온 것은 그때였다.

"나 지금 코너에 몰리고 있어."

그는 회사 이미지가 바닥에 떨어졌고 불매 운동으로 이어지면서 책임론이 커졌고 친환경 제품이라고 말한 그 누군가로 지목되었다면서

"친환경 제품, 혹시 술자리에서 내가 했던 말 때문이야?"

하고 대뜸 물었다.

"아니."

난 똑 부러지게 말했다.

"그런데 내가 너의 제안에 관련됐다는 말이 파다하게 돌고 있어."

"너도 알다시피 방학이면 지리산에 갔었어. 그때 이

미지야. 그런 말도 안 되는 소리는 하지 마."

나는 단호한 목소리로 말했다.

"그러게 말이야. 이럴수록 더 서로 지켜 주면서 뭉쳐야 하는데. 다들 자신에게 불똥이 튈까 봐 다른 사람에게 책임을 돌리네. 그나저나 잘 지내고 있지? 잡지사 일은 할 만해?"

진영이 말했다.

"그럭저럭 지낼 만해. 농촌에서 도시로 진화하는 과정에 있는 도시라 적당히 상가도 형성되어 있고, 먹거리도 충분하고 도시가 산으로 둘러싸여 있어 어딜 봐도 푸른색이고 도심을 가로지르는 강도 있고 차 주차하기도 좋고."

나는 생각나는 대로 말했다.

"그래도 좀 잠잠해지면 서울로 올라와. 너 회사 들어가려고 얼마나 고생했니. 간신히 자리 잡고 뭐 좀 해보려는데 그런 일이 생기다니. 하고 싶은 일이 있잖아. 그건 거기선 힘들어. 머리만 식히는 거야. 알겠지?"

진영이 말했다.

"그래."

통화가 끝난 뒤 나는 두 손으로 얼굴을 싸안고 한참 동안 움직이지 않았다. 그런 날이 과연 올까. 그나저나 그에게까지 책임론이 거론되다니. 마음이 무거워지면서 불안감이 밀려왔다.

버스 정류장에서 사무실까지의 거리는 3분, 자연화장품 제조 가게와 공장 등이 있는 좁은 골목길을 걸어가면 공터가 나오고 유치권 행사라는 현수막이 걸려 있는 모텔이 오른쪽에 있었다. 꽤 오래 버려둔 듯 음침한 분위기지만 헬스장과 목욕탕을 갖춘 모텔 건물은 로맨틱하고 화려한 양식으로 건물주의 야심에 찬 욕망을 엿볼 수 있었다. 공터 중앙에는 수백 년 된 당산나무가 우뚝 서 있고 왼쪽엔 여야강이 흐르고 사무실은 국도로 빠지는 길옆 건물 2층에 있었다. 구의 고등학교 선배인 김 사장 배려로 임대료 없이 전기세와 물세만 내기로 하고 들어간 사무실은 앞쪽은 건물이, 뒤쪽은 당산나무의 나뭇가지가 창문을 가려서 종일 햇빛이 들지 않았다.

'은양매거진'

사무실로 올라가는 계단 위에 붙여져 있는 간판에 눈길을 던졌다. 안 좋은 기분으로 사무실에 들어가고 싶지 않았다. 공터 옆 운동기구 3개와 나무 벤치 2개가 나란히 놓여 있는 쉼터 벤치에 앉아서 여야강을 바라보았다. 천운산 폭포에서 발원하여 도심을 가로질러 인근 도시까지 이어지는 여야강은 은양의 젖

줄이었다. 아침 햇살과 그늘이 적절하게 뒤섞인 강바닥에 우거진 잡초와 돌덩이 사이로 물이 졸졸 흘렀다. 때는 봄이었다. 석축에 활짝 핀 개나리가 봄이 왔다는 것을 알려 주었지만 아침저녁으로 쌀쌀한 날씨에 두툼한 옷을 입어서 그런지 실감이 나지 않았다. 선명한 노란빛을 내뿜고 있는 개나리에 눈길을 던졌다. 노란 꽃잎 사이로 햇빛이 떠다녔다. 꽃잎과 햇빛은 노란빛을 통통 주고받으면서 놀았다. 봄이 왔는데. 하늘을 올려다보았다. 맑고 청정했다. 도시에서는 볼 수 없는 하늘이다. 멀리 시선을 던졌다. 국도 건너편 광경이 눈으로 들어왔다. 굴착기 몇 대가 부지런히 오가면서 뭔가 나르고 트럭이 왔다 갔다 했다. 보니 군데군데 흙인지 모래인지 진흙인지 모를 회색빛 흙이 봉긋하게 쌓여 있었다. 산을 개간하나. 산허리를 잘라먹은 듯한 그곳은 산 내장을 송두리째 파헤친 듯 보기 흉했다. 한참 바라보다가 사무실로 향했다.

"일찍 출근하셨네요."

사무실 문을 열면서 나는 큰 소리로 말했다. 컴퓨터를 들여다보고 있던 백 주필이 고개를 들었다.

"빨리 왔네."

그는 인자한 미소를 지으면서 말했다. 사무실 부근

에 살고 있는 그는 매일 아침 5시에 여야강을 1시간 정도 걷고 정확하게 7시에 출근, 기사를 모니터링했다. 매일 그가 툭툭 던지듯 제공하는 정보와 아이템은 꽤 유익했다. 그런 백 주필이 존경스러웠다. 배울 점이 많았다. 70이 넘은 나이에도 50대 못지않은 에너지를 발산했다. 얼굴은 반질반질하고 생기가 돌았다. 분홍색 등 밝은 톤의 셔츠는 늘 깨끗하게 다림질이 되어 있고 양복도 구김살이 없었다. 목소리도 쨍쨍하고 일을 처리하는 솜씨도 빠릿빠릿했다.

컴퓨터를 켠 나는 여야강 폴더를 열었다. 그동안 모아 둔 자료들을 검토했다. 은양을 가로지르는 여야강은 수변공간으로 발전할 수 있는 조건을 갖추고 있는데도 불구하고 방치되어 있었다. 늘 풀이 무성하고 황폐한 분위기였다. 여야강이 수변공간으로, 시민의 삶에 중심 공간으로 변하려면 어떻게 해야 할까. 다른 지역의 사례를 훑어보았다. 서울시 성내천 경우 2002년 성내천을 시민 공간으로 되살리기 위한 사업을 추진했다. 먼저 친수공간을 조성하여 물이 흐르게 하는 작업을 시작했다. 인근 지하철역 용출수를 활용하여 벽천과 돌 분수대를 비롯한 물놀이장 등을 만들고 하천의 접근성을 개선했다. 콘크리트 주차장을 철거하고 자전거도로 네트워크를 형성했다. 또한, 하천

바닥에 깔아 놓은 콘크리트와 1.1km의 호안을 걷어내서 하천의 생태성을 복원했다. 수생식물과 관목류를 심고 하천 중간에 댐을 만들고 댐 근처에 고기가 자유롭게 오르내릴 수 있도록 수로를 만들고 생물이 서식할 수 있도록 인공적인 공간 비오톱, 인공섬을 설치하여 자연형 하천으로 조성했다. 동시에 친수형 문화시설과 주민 휴식 시설을 설치하여 자연과 생활이 조화되는 수변공간을 형성함으로써 주변 지역의 상가가 활성화되고 주거환경이 개선되는 효과를 거두었다. 성내천과 울산 수변공원 사례를 훑어보면서 여야강 기사를 어떤 식으로 방향을 잡아야 효과적일지 머리를 굴렸다. 며칠 뒤의 편집회의 때 제안을 할 참이었다.

김 사장이 문을 열고 들어왔다. 시계를 보니 8시다. 그는 아침마다 우리 사무실에 먼저 들렀다가 바로 옆에 있는 그의 사무실로 출근했다. 신문에 난 모 정치인에 대해 비판하면서 사무실 소파에 앉은 김 사장과 백 주필에게 커피를 마실 것인지 차를 마실 것인지 물었다.

"커피 좋지."

김 사장이 말했다. 나도 커피. 백 주필도 커피를 주문했다. 탕비실에서 커피 석 잔을 타서 그들에게 주고 남은 커피를 들고 창가로 갔다. 처음에는 일단 커피 한 잔을 마시고 일을 시작했는데, 언제부터인가 김 사장이 오는 시간에 맞춰서 나도 커피를 마셨다. 창 너머 아까 본 광경이 눈에 들어왔다. 어느 사이 산 위로 솟아오른 해가 그곳을 비추었고 회색빛 톤의 흙더미는 황금색으로 빛났다.

"대체 저게 뭐예요? 산을 개간하는 것인가요?"

나는 뒤돌아보면서 물었다.

"저것? 쓰레기 산이요."

김 사장이 씹어 내듯이 대답했다.

"쓰레기 산요?"

나는 되물었다. 쓰레기 산이라니 얼른 이해되지 않았다.

"삼일건기에서 쌓은 건축폐기물이에요."

김 사장이 부연 설명을 했다.

"건축폐기물요? 그걸 저렇게 쌓아도 되나요?"

"당연히 안 되죠."

김 사장이 단호하게 말했다.

"주민들이 가만히 있나요?"

"그러게요. 다들 가만히 있네. 먼지가 펄펄 날리니 공기가 안 좋다고 하면서도 나서서 말하는 사람이 한 명도 없어."

김 사장은 혀를 차면서 말했다. 나는 백 주필에게 눈길을 던졌다. 그는 무슨 생각을 하는지 알 수 없는 얼굴빛으로 잠자코 커피를 마셨다.

"기자들은요. 기사를 쓰지 않나요?"

"글쎄, 나도 그게 궁금해. 어찌 된 판인지 기사 쓰는 기자가 한 명도 없어."

김 사장이 벌레를 씹어 먹은 듯한 표정을 지으면서 말했다. 뭔가 오가서 그런 것 아닐까요, 라는 말이 목구멍까지 올라왔지만 내뱉지 않았다.

"어떻든 저건 아닌 것 같아요. 산을 만들고 있잖아요. 우리라도 기사를 써야 하는 것 아닌가요?"

나는 열을 내서 말했다.

"그것도 괜찮지."

백 주필은 지긋한 눈빛으로 말했다. 그 눈빛은 뭐랄까, 미묘했다. 말은 그렇게 하지만 속은 다른 것 같았다. 뭔가 석연치 않은 느낌이었다.

"그럼, 제가 한번 써 볼까요?"

나는 백 주필의 눈빛이 마음에 걸렸지만 의견을 냈다.

"그것도 나쁘지 않지."

백 주필은 무덤덤하게 말했다.

하지만 그 일은 흐지부지 넘어갔다. 구에게 쓰레기

산을 거론하면서 취재하겠다고 말했다. 구는 심드렁한 표정으로 일단 기사를 써 보라고 말하면서 아무런 소스도 주지 않았다. 평소 기사를 쓸 때는 어떤 루트로 취재를 해야 하는지 어떻게 접근해야 하는지 설명을 해 주곤 했는데, 그 기사만은 입을 다물었다. 결국, 쓰레기 산 기사를 쓰지 못했다. 눈앞에 닥친 일을 해내느라 그 기사는 뒷전이었다. 그러는 도중 사무실을 옮기고 다른 기사를 쓰느라 어영부영하다가 기사 대신 기자수첩으로 은양에 쓰레기 산이 있다는 것만 언급했다.

3

"어제 삼일건기에서 사람이 죽은 것 알아요?"

미주가 말했다. 30분간 점핑 운동을 끝내고 셀온을 할 때였다. 편백나무로 만든 방에서 몸 온도를 1도 올려 주는 셀온은 40분 정도 앉아 있어도 숨이 가쁘지 않고 편안했다.

"어쩌다가 그런 일이…. 나중에 사무실에 가면 말해 주겠네요."

나는 변명하듯이 말했다. 기자가 돼서 정보에 약하

다는 말은 듣고 싶지 않았다. 특히 미주한테 허점을 보이고 싶지 않았다. 미주는 선거 때마다 정치인들이 그녀의 집을 찾아갈 정도로 인맥이 넓었다. 정치인 사무실에서 일한 경력도 있고 시민단체에서 활동하다가 요즘은 환경단체 일만 맡고 있었다. 미주가 환경에 관심을 가지게 된 것은 아이의 아토피 때문이었다. 남편 회사 때문에 공단 지역 근처에 살았던 그녀는 아이의 아토피 때문에 여러 군데 피부과를 전전했고 그때마다 그 병원이 권하는 약 처방을 받았다. 연고도 바르고 비싼 보습제도 발랐다. 그녀 남편은 알레르기성 피부를 가졌고 스트레스를 받거나 술을 많이 먹으면 긁어대고 피부 발진이 일어났다. 그래서 그녀는 유전적인가 생각하고 포기했다. 나빠졌다가 좋아졌다가 하면서 아이는 성장했고 면역력이 생기면서 나아졌지만 그것은 되풀이되었다. 그러던 중 남편이 은양에 위치한 회사로 이직했고 천운산 자락에 있는 백동마을에 집을 얻었다. 신기한 것은 아이 아토피가 싹 사라진 것이다. 그와 동시에 툭하면 피곤했던 그녀 몸도 좋아졌다. 그제야 그녀는 공단 지역의 공기 오염이 아토피 원인인 것을 알게 되었다. 미주는 공기 오염에 대한 자료와 논문 등을 찾아보았고 대기오염의 약 98%를 차지하는 것은 황산화물, 일산화탄소, 질소산화물, 탄화수소, 미세먼지 등이고 그 화합물 농도가 높아지면 사람들을 병들게 한다는 것을 알게 되었다. 그리고 가끔 몸 상태가 안 좋은 것이 공기오염 때문이라는 것도 알게 되었다. 그러니까 공기가 안 좋으면 몸이 먼저 반응을 한 것이다. 공기 오염의 심각성을 알게 된 미주는 은양기후위기 단체에 들어가서 활동을 하기 시작했다.

그러던 차 아이가 다니던 학교 뒤편 산에다 산단을 만든다면서 산을 파헤치기 시작했다. 은양기후위기 단체는 산단 조성 반대 학부모의 대표로 산업단지 조성 지역은 푸른 숲과 함께 어우러진 아름다운 학교 교정 뒤편에 위치, 환경오염을 유발할 수 있다, 아이들 건강에도 심각한 영향을 미친다, 우려와 걱정을 넘어 심지어 생존의 위기감마저 느끼고 있다면서 기자회견을 열었다. 그들은 시가 산단 조성 계획을 하면서 주민들의 전체 의사를 전혀 반영하지 않고, 일부 의사를 반영해 주민의 건강권과 생활권을 고려하지 않은 정책을 펴고 주민들의 알 권리를 무시하고 일을 진행한다고 주장했다. 관계 당국에 사전 조사 결과와 타당한 근거 자료 제시 등 명확한 답변을 촉구했지만, 환경영향평가 등 33개의 관련 법에 따른 사전 절차를 이행한 후 추진하게 되었다는 답만 들었다. 환경단체와 주민들의 반발에도 산단은 추진되었고 이후 미주는 다리를 걸치고 있던 여러 개의 단체를 정리하고 오로지 환경운동에만 집중했다.

미주와 안면을 튼 것은 은양기후위기 단체의 기자회견을 취재하면서였고 본격적으로 소통을 한 것은 점핑클럽의 저녁 운동에서 아침 6시로 시간을 옮긴 뒤부터였다. 거기서 그녀를 만났고 매일 아침 1시간 동안 운동하고 셀온하면서 이런저런 말을 쏟아 냈다.

"벌써 세 명이나 죽었어요. 작년에 사고로 두 명이나 죽었는데 기사 한 줄 나지 않더군요. 이번에는 기사를 써야 해요. 전번처럼 그냥 넘어가면 안 돼요."

미주는 몇 번이나 강조했다. 이전에 일어난 사고에 대해서도 미주는 비교적 소상하게 알고 있었다. 몇 년 전에도 사고가 나서 그곳에서 일하던 자신의 지인도 토사물이 무너져 반쯤 묻혔다가 살아났다면서 이번이 세 번째 사망자로 모두 외국인 노동자이고 이번에 죽은 사람도 과테말라에서 온 외국인 노동자라고 말했다.

"그 쓰레기 산으로 유명한 과테말라에서 왔다고요?"

과테말라 쓰레기 산에 대한 기사를 읽고 며칠 동안 잠을 설친 적이 있었다. 쓰레기 산에서 살고 있던 사람들, 다른 일보다 돈을 더 많이 주기 때문에 일한다는 사람들, 쓰레기 더미가 무너져서 사람이 죽어도 그들은 그곳을 떠나지 않았다. 쓰레기가 바로 그들의 밥줄이고 생명줄이고 생존의 끝이었다. 외국인 노동자 죽음이 남의 일처럼 느껴지지 않았다.

"네. 악취와 먼지, 유독가스로 가득 찬 쓰레기 매립지에서 물건을 찾는 일을 했대요. 어느 날 쓰레기 더미가 무너져 사람들이 죽었고 그때 그는 친구와 함께 한국의 기술을 배우고 돈을 모아서 자신의 나라에서 사업을 할 계획을 세우고 한국에 왔대요. 결국은 쓰레기 산에 파묻혀 죽고 말았네요. 기사를 써야 하지 않겠어요?"

"당연히 써야죠. 아침에 오면서 거대한 쓰레기 산을 봤는데, 도시 중심지에 그런 게 있다는 게 믿어지지 않아요."

"안 그래도 그것에 대해서 말이 많아요."

미주가 말했다.

"그 쓰레기 산을 만든 삼일건기 사장 허이재가 바로 우리 아파트에 살아요. 한 라인에 살고 있는데 이런 말 하기는 좀 그렇지만 은양에 쓰레기 산을 쌓고 있어도 그 누구 하나 나서는 사람이 없어요."

"허이재 권력이 너무 강하고 토박이들은 안면에 가

만히 있는 것 같아요. 외부인들은 별로 관심이 없고요."

미주는 열을 내서 말했다. 미주의 말을 들으면서 기차를 떠올렸다. 저 멀리 산모퉁이를 돌아서 한 치의 망설임도 없이 돌진해 오던 기차처럼 미주의 말에서 강한 힘이 전해져 왔다.

"허이재가 너무 강해요. 그래도 가만히 있으면 안 되죠. 뭐라도 해야 해요."

미주가 말했다.

"그래요. 가만히 있으면 안 되죠."

나는 단단한 목소리로 동조했다.

"사람들의 환경에 관한 관심은 날이 갈수록 높아지고 있어요. 많은 환경단체에서 환경의 중요성을 알리고 있지만, 턱없이 부족해요. 계절이 사라지고 지구 온도가 계속해서 올라가면서 우리 인간뿐만 아니라 생태계가 변화를 겪고 있다고 봐요. 자연은 우리에게 항상 이로움을 주는데, 인간의 욕심으로 파괴하면 안 되죠. 후손을 생각해서라도 그런 쓰레기 산이 있으면 안 되죠."

미주가 말했다. 쓰레기 산에 대한 성토는 운동을 끝내고 커피 두 잔을 다 마신 뒤에도 이어졌다. 미주는 홀을 걸어 다니면서 말했고 나는 창가에 놓여 있는 긴 의자에 누웠다가 앉았다가 하면서 말했다. 미주와 나는 도심 한가운데에 쓰레기 산이 있으면 안 되고 뭔가 해야 한다는 데 한목소리를 냈다.

클럽을 나오자마자 마창으로 향했다. 아침 9시 30분에 '마을을 찾아서'라는 꼭지의 취재를 위해 외산마을 이장을 만나기로 했다. 마창 가는 길에 제보받은, 쓰레기가 쌓여 있다는 원룸 일대를 돌아볼 작정이었다. 연산동에서 우회전하여 4차선 국도로 접어드는데, 쓰레기 산의 측면이 눈으로 들어왔다. 마창으로 갈수록 쓰레기 산은 부딪칠 듯 점점 눈앞으로 다가오더니 산 모서리를 돌자 뒤로 물러났다.

차가 정지 신호등을 받았을 때 구에게 전화를 걸었다.

"국장님, 삼일건기에서 사고가 나서 사람이 죽었다고 하던데요. 알고 계세요?"

"네."

구가 말했다.

"왜 사고가 났는가요?"

"토사가 무너졌겠죠. 지난번처럼."

구도 잘 모르는 듯 말꼬리를 흐렸다.

"벌써 세 명이나 죽었다면서요?"

"네."

구가 덤덤하게 말했다.

"지금 마창으로 가고 있는데, 쓰레기 산이 바로 눈앞에 있네요. 기자들이 왜 안 쓰는지 모르겠어요."

나는 불쑥 말을 꺼냈다.

"그것요? 그게, 법적으론 아무런 문제가 없다고 해서요."

구가 말했다.

나는 무슨 말인가 더 하려다가 그만뒀다. 돌이켜보면 일 년 전 쓰레기 산에 관해 물어봤을 때도 그는 정주시 출입기자 시절 쓰레기 산의 기사를 쓰려고 취재했지만, 법적으로 문제가 없어서 뭐 어떻게 할 수가 없었다는 식으로 말했다.

마창 원룸 지대에는 동부마을 통장의 말대로 곳곳에 쓰레기가 산더미처럼 쌓여 있었다. 파리가 날아다니고 악취가 풍겼다. 차를 적당한 장소에 주차한 뒤 사진을 찍었다. 한 5분 정도 늦을지도 모른다는 생각을 하면서도 카메라를 눈에서 떼지 않았다. 다행히 이장이 10분 정도 늦겠다면서 전화를 걸어 왔다. 네. 알겠습니다. 나는 편안한 마음으로 원룸 건물 사이를 돌아다녔다. 불법 투기가 심각해서 주민들이 돌아가면서 자체적으로 쓰레기 불법 투기 단속과 계도를 하고 있다는 동부마을 통장의 말대로 원룸 건물의 우편함에는 영어와 중국어, 베트남어, 몽골어, 캄보디아어로 쓰인 생활 쓰레기와 음식물 쓰레기, 재활용 쓰레기의 배출 요일과 시간, 방법 등이 적힌 전단들이 꽂혀 있었다. 거리는 조용했다. 인기척도 나지 않았다. 쓰레기 더미에 파리들이 붙었다가 떨어져서 날아다녔다.

외산마을은 생각한 것과 달리 황폐했다. 자연마을 특유의 안온하고 편안한 분위기는 찾아볼 수가 없었다. 자동차 전용도로가 마을 한중간을 가로지르고 마을 앞 도로에는 트럭과 자동차들이 끊임없이 오가고 무계획적으로 들어선 공장과 집들로 어수선해 보였다. 이장과 만나기로 한 마을회관은 그나마 번듯했고 깨끗했다. 문 앞에 서 있던 이장은 동네 어르신 몇 분이 와 계신다면서 회관 안으로 안내했다. 신발을 벗고 방으로 들어가자 남자 노인 넷이 똑바른 자세로 앉아 있고 안쪽 방에는 여자들이 화투를 치고 있었다.

"은양매거진의 민 기자입니다."

이장이 내 소개를 하자 그들은 엉거주춤 자리에서 일어났다. 이장이 한 명 한 명 소개했다. 전 이장, 이

분은 경로당 회장, 전 경로당 회장, 노인회 회장과 일일이 악수를 한 뒤 한쪽에 앉아서 이장이 갖다준 상에다 노트북을 세팅했다.

"30여 년 전 은양 농공단지가 들어오고부터 마을이 서서히 훼손되어 갔어요. 마을 주변에 농공단지가 3개나 되고 주변에 골프장도 몇 개나 돼요. 차가 많이 다니면서 마을이 더욱더 황폐해지고 있어요."

이장이 주방에서 믹스커피를 타 오면서 말했다.

"산을 깎고 7번 국도 우회도로인 고가도로를 건설 중이에요. 높이 15m 다리가 마을 위를 지나가면 소음이 장난이 아닐 겁니다."

"터널식으로 방음벽을 해 달라고 주민들이 건의하고 있어요."

"우리 마을 전통이 무너지고 있어요. 집성촌으로 임란 공신 후손들입니다. 마곡에서 500년 살다가 5대조가 외산에 내려와서 자리를 잡았어요. 조선 시대에는 용천산이라고 했어요. 또 하나의 자랑거리는 마을 회관을 시에서 지원받지 않고 마을에서 자체적으로 지었다는 거예요."

노인들은 마치 약속이라도 한 듯 돌아가면서 마을 자랑을 했다. 그래서 그런지 마을의 스산한 분위기와 달리 회관에는 편안하고 훈훈한 공기가 감돌았다. 벽에는 '노인의 건강한 삶이 있는 마을 만들기', '평생학습' 등 문구가 적혀 있고 노인들 사진이 걸려 있다.

"마을회관에서 치매 예방 교육도 받고 글도 쓰고 노래도 부르고 손뼉도 치고 운동도 하고 발 마사지도 받고 안마도 받아요. 친목도 다지고 외롭지 않아서 좋아요. 그런데 우리 마을 앞에 차들이 너무 빨리 달려요. 천천히 다니고 과속 단속카메라가 있어야 해요. 차가 자주 오니까 마을버스가 정차하자마자 내빼는데, 그러다 보니 몸이 불편해서 걸음도 제대로 못 걷는 어른들이 번번이 차를 놓쳐요. 차들이 속도제한을 해 주었으면 해요."

이장의 말이 끝나자마자 노인들은 앞다투어 말했다. 행사 때마다 이런저런 일을 해 주는 마창 동장이 고맙다. 약 45가구가 거주하고 있는 외산마을은 원래 평화로운 자연동네였다. 그런 마을에 자동차 전용도로가 마을 한가운데 건설 중이고 두 동강이 난 마을은 더는 자연마을이라고 할 수 없을 정도다. 그래도 400년 된 당산나무가 있고 음력 14일 대동제를 지내고 3월 삼짇날에 새마을 회의를 하고 5월 8일 기준으로 동네 경로잔치를 연다. 큰 발전도 필요 없고 이 상태로 살았으면 좋겠다. 방음벽이나 해 주고 잘 살 수 있도록 해 주었으면 한다 등등.

그들의 소망은 과연 이루어질까. 도로가 개통되면 차들이 빈번하게 오갈 테고 소음은 장난이 아닐 것이고 앞으로 점점 황폐화되어 가겠지. 적응하거나 못하거나 하면서 살아가야 하겠지.

밖에 나오니 비구름이 낮게 내려와 있고 날씨가 우중충했다. 내일 태풍이 온다는 일기예보를 떠올렸다.

"내일 태풍이 온다고 하는데, 쓰레기 산이 걱정되네요. 큰 태풍이 온다면 산이 무너지지 않을까요?"

나는 이장의 말이 끝날 즈음 말을 꺼냈다. 빈말은 아니었다. 비가 많이 오면 산이 무너질 가능성은 얼마든지 있었다.

"쓰레기 산요?" 이장이 되물었다.

"그것 있잖아요. 건축폐기물 산요."

"아, 그것요. 주민들이 그것 때문에 피해를 많이 봐요. 바람이 불면 비산 먼지가 날려요. 바로 그 앞에 있는 아파트는 창문을 아예 열지도 못해요."

"그런데 왜 가만히 있죠?"

"그게요. 민원을 넣어도 합법적이라고 하네요. 허이재는 막무가내예요. 아무도 못 건드려요. 세도 너무 세요."

이장이 고개를 좌우로 설레설레 흔들었다.

"18년 전인가 허이재가 계곡 사이를 메꾸어 사업부

지를 만든다고 할 때 건축폐기물이지만 소각을 해서 피해를 주지 않는다고 해서 그런가 했죠. 그 무렵 결혼한 아들이 여야강 옆 아파트에 신혼살림을 차렸어요. 아들은 마창 산단 회사에 근무했고 며느리는 집 베란다에다 다육식물을 키웠죠. 그러던 어느 날, 며느리가 도무지 아파트에서 살지 못하겠다고 하더군요. 먼지 때문에 종일 창문을 닫고 커튼까지 친다고 하더라고요. 가 보니 굴착기 몇 대가 건축폐기물을 실어 나르고 먼지가 펄펄 날렸어요. 아들네는 다른 곳으로 이사를 했지만, 아직 그곳에 살고 있는 지인은 죽을 맛이라고 하더군요. 허이재가 베란다 창틀도 새로 해주고 아파트 발전 기금도 내니까 일부 사람들은 그게 순환 골재인가 뭔가 만들어서 팔려고 했는데, 팔리지 않아서 쌓아 둔 것이라면서 사람에게 피해가 없다고 옹호하기도 하고요."

이장은 길게 한숨을 내쉬었다.

4

삼일건기로 차 방향을 돌렸다. 내친김에 쓰레기 산 현장을 눈으로 직접 확인하고 싶었다. 일 년 전, 쓰레기 산 취재를 할 때는 현장에 가지 않았다. 한 번 현장에 가 본다는 게 다른 일에 쫓겨 내내 미루다가 결국은 가지 못했다.

마창에서 삼일건기로 가는 도로는 한적했다. 아파트와 주택을 벗어나자 바로 산이었다. 잘 포장된 길 양편에는 벚나무가 심겨 있었고 옛날에는 산이었는지 오르막이었다. 도로 한쪽은 축대가 있는 가파른 산이고 다른 한쪽은 첩첩산중은 아니라도 낮은 산들이 겹겹이 이어져 있었다. 오르막이 끝나는 지점에 골프장이 나오고 도로가 급하게 우회전했다. 이어 바로 삼일건기 담벼락이 나왔다. 파란색 담벼락은 마치 성벽처럼 높았다. 경비실 근처에 차를 세웠다. 회사 건물은 숲에 가려서 보이지 않고 경비실에도 기척이 없었다. 어떻게 하나 망설이고 있는데, 대형트럭 한 대가 맞은편 도로에서 가파르게 올라오더니 회사 안으로 들어갔다. 대형트럭 꽁무니를 따라 눈길을 던졌다. 높은 철제 빔이 설치되어 있고 그 안에 조립식 건물이 보였다. 대형트럭은 조립식 건물 앞에서 잠깐 멈춰 서서 무게를 재더니 이내 안으로 들어갔다. 일 분 뒤 대형트럭 한 대가 더 들어갔다. 잠깐 한눈을 파는 사이 대형트럭은 어디로 사라졌는지 보이지 않았다.

"지금 삼일건기에 와 있는데, 사고가 어디서 났는지 알아요?"

구에게 전화를 걸었다.

"아마도 공사 현장일 거예요."

"그래요? 그런데 여기 분위기가 너무 조용하네요. 마치 아무 일도 일어나지 않은 것처럼 말이에요."

나는 안을 기웃거리며 말했다. 사람이 죽었다는데, 이렇게 조용할 수가 있나.

대형트럭 한 대가 올라오더니 이어 대형트럭 두 대가 연달아 올라왔다. 조립식 건물 앞에서 잠시 멈춰서서 무게를 재고는 흔적도 없이 사라졌다.

"안에 들어가는 게 쉽지 않을 거예요. D가 그 회사와 일한 적이 있는데, 그에게 물어보면 자세한 것을 알 수 있을 거예요."

구는 시류에 의해 운 좋게 시의원이 된 D를 언급했지만 나는 전화를 하지 않았다. 인터뷰도 하고 홍보물도 만들어 주면서 친밀감을 형성한 D이지만 허이재가 거래처라면 입을 닫을 게 뻔했다.

잠실 운동장보다 몇 배나 넓은 땅이 펼쳐져 있다는 미주의 말을 떠올리면서 안을 기웃거렸다. 그러고 보니 내가 있는 곳이 바로 쓰레기 산 꼭대기였다. 편평하게 보였던 지점이다. 입구에 난 문을 통해 안을 들여다보았다. 시멘트 가루 같은 게 산더미처럼 쌓여 있고 굴착기가 그것을 퍼다 나르고 있다. 조금 전에 줄지어 들어간 대형트럭은 보이지 않았다. 겉으로 보기엔 평온해 보이지만 안에는 상상을 초월한 끔찍한 일이 벌어지고 있는 듯한 느낌이었다. 문 너머 산처럼 쌓아 놓은 건축폐기물을 보고 넓이를 짐작할 수 없는 부지에 쓰레기를 쌓아 놓은 풍경을 상상했다. 굴착기만 왔다 갔다 할 뿐 아무도 보이지 않는 회사는 겉으로 보기엔 평온해 보였다.

문득 이카루스의 추락이 있는 풍경, 브뤼헐 그림이 떠올랐다. 이카루스가 바다에 빠져 허둥거리는데도 농부는 밭을 갈고 목동은 양에게 풀을 먹이고 있다. 아무도 이카루스의 추락에 관심이 없다. 이카루스가 바다에 빠진 그 옆에는 역시 농부가 아주 무심하게 낚시를 하는 듯, 찌를 던지고 있다. 나뭇가지에 앉은 새도 햇살이 가득한 바다의 범선도 무심한 그림이었다.

외국인 노동자가 남의 나라에서 쓰레기 더미에 깔려 죽든 한 개인의 욕망이 거대한 쓰레기 산을 쌓든 사람들은 자신의 일상을 유지하고 오로지 자신의 삶을 살아가는 것이 그림 풍경과 유사한 것 같았다.

일단 철수하자.

차 시동을 걸었다. 천천히 운전하면서 나무에 가려진 회사 건물을 흘끔거렸다. 몇 층인지 직원이 얼마나 되는지 가늠했다. 높은 담 안에서 성주처럼 군림하고 있는 허이재를 떠올렸다. 지역 행사 때 몇 번 본 적이 있지만 한 번도 말을 걸거나 인사를 한 적은 없었다. 좀 강해 보이는 이미지였다. 도로는 급경사였다. 모서리를 돌자 바로 대규모 신축 아파트가 나왔다. 한두 달 뒤 입주하는 아파트였다. 신축 아파트 바로 옆엔 기존 아파트 단지가 있었다. 뭐야, 이건. 머리가 지끈거렸다. 쓰레기 산 바로 앞에 아파트 단지가 들어선 것이다. 창문을 열면 쓰레기 산이 보이는 아파트를 떠올렸다. 매일 쓰레기 산을 봐야 한다 이거지. 아파트 단지를 가로질러서 쓰레기 산이 가장 잘 보이는 장소를 찾았다. 아파트 단지 끄트머리에 여야강이 나왔고 강을 따라 난 도로 옆에 쓰레기 산이 바로 눈앞에 모습을 드러냈다. 연두색 철망 너머 풀이 잔뜩 자란 밭이 있고 그 뒤에 우뚝 서 있는 쓰레기 산이 바로 산과 산 사이 깊은 골짜기에다 쓰레기를 차곡차곡 메워서 만든 것이란 말이지. 차에서 내린 나는 쓰레기 산을 자세히 살펴보았다. 하단 부분은 6개의 계단이 가파르게 만들어져 있고 일부는 검은색 망으로 덮여 있고 일부는 그대로 노출이 되어 있다. 꼭

대기엔 굴착기가 왔다 갔다 하고 왕릉처럼 쌓아 놓은 쓰레기 더미가 서너 개 보였다.

나는 쓰레기 산을 마주했다. 쓰레기 산이 마치 내 앞을 가로막고 있는 거대한 벽이라도 되는 것처럼 노려보았다.

문득 아버지가 떠올랐다. 내게 아버지는 이해할 수도 없는, 이해하고 싶지 않은 그런 존재였다. 한때 아버지를 증오한다는 말을 일기장에 빽빽하게 써 놓곤 했다. 어느 날 갑자기 회사를 그만둔 아버지는 고등학교 다닐 때 미술학원에서 먹고 자고 하면서 꿈꾸었던 화가의 길을 걸어가겠다고 선언했다. 아버지는 할머니가 돌아가신 후부터 폐가처럼 버려져 있던 지리산의 집에서 지내면서 집안일에는 일절 신경을 쓰지 않았다. 소소한 대소사와 생계는 엄마가 떠맡았다. 아버지에 대한 기억은 몇 가지 되지 않는다. 지리산 할머니 집 앞 계곡에서 놀다가 물에 빠져 죽을 뻔한 나를 구해 준 것, 무슨 일로 나를 나무라던 아버지와 대적하던 일 등. 아버지는 종일 산에 가거나 아니면 종일 작업실에 박혀서 그림을 그렸다. 캔버스 앞에 앉아 있을 때의 아버지는 범접하기 어려운 분위기였다. 아버지의 삶에는 가족이 없는 것은 아닐까. 그런 생각이 들 정도로 그림에만 집중했다. 그런 아버지를 나도 외면했다. 아버지가 추구하는 게 무엇인지 진지하게 생각해 본 적이 없다. 아버지의 삶이 내 인생에 영향을 끼친 것은 사실이나 그다지 중요하게 생각하지 않았다. 혼자가 된 나는 대부분의 일을 스스로 선택하고 결정해야 했다. 그런 과정에 아버지의 영향은 없었던가. 요즘에야 생각하는 것인데, 아버지가 내 인생에 영향을 끼친 것은 사실이었다. 아버지의 부재가 내 삶의 방향을 정했다. 아버지는 어쩌면 쓰레기 산처럼 내 앞을 가로막은 거대한 벽인지도 모르겠다. 내가 뛰어넘어야 할 그런 존재인지도 모르겠다.

생각해 보면 아버지는 허이재와 정반대의 삶을 선택한 셈이다. 허이재가 돈이라면 아버지는 자유로운 삶이었다. 아버지의 삶이 엄마와 동생의 목숨까지 담보로 잡았다. 중학교 3학년 때였다. 어느 때부터 나는 학원에 다녀야 한다는 핑계를 대고 연례행사인 지리산에 가지 않았다. 그해도 엄마는 동생을 데리고 지리산에 갔고 산사태로 목숨을 잃었다. 그 산사태는 규모나 양상 면에서 기존의 고정관념을 완전히 뒤집은 산사태 대표적인 사례로 알려져 있다. 해마다 여름철이면 크고 작은 산사태가 한반도 곳곳을 덮쳐 왔지만, 그해 여름은 유독 여기저기서 일어난 산사태로 많은 사람이 피해를 보았다. 아버지와 동생의 시체는 발견했지만, 엄마는 실종되었다. 불볕더위와 폭우가 번갈아 가면서 이어진 해였다. 텔레비전에서는 지구 온난화 때문에 일어난 이상 기후라면서 세계 곳곳에 벌어지는 재난을 방송했다. 그날 참변에서 살아남은 사람들 말에 따르면 하늘에 커다란 구멍이 뚫린 듯 비가 쏟아졌다. 점심 때쯤 갑자기 우르릉 쾅, 소리가 들려왔다. 이게 무슨 소리야. 방에서 뛰어나오고 산에서 황토색 흙더미가 내려오면서 마을을 덮치는 광경을 지켜보았다는 것이다. 한순간이었다. 흙더미는 할머니 집을 덮치고 그 아래 집을 덮쳤다. 할머니 집을 비롯해 몇 채가 흙더미에 매몰되었다.

오랫동안 아버지를 원망했다. 아버지가 회사를 그만두지 않았다면, 아버지가 지리산에서 칩거하지 않았다면 엄마와 동생이 그런 사고를 당하지 않았겠지.

"네 아버지는 자연이 인간에게 희망을 준다고 했어."

언젠가 왜 아버지는 맨날 지리산에 있는 거야? 하고 엄마에게 물었고 엄마는 그래야만 아버지가 숨을 쉴 수 있다고 말했다.

커다란 돌덩어리가 가슴을 짓눌렀다.

아버지는 왜 그런 삶을 선택했을까. 생각들이 복잡하게 엉켰다. 정말 몰라서 그래? 쓰레기 산이 날 보고 비웃는 것 같았다. 그것이 내뿜는 기분 나쁜 물질이 몸으로 들어오는 느낌이었다. 콘크리트, 비닐 장판, 나무 창틀, 전선, 철근, 벽돌, 기와, 유리 등을 분쇄하여 쌓아 놓은 쓰레기 산에서 유독한 기운이 스며 나왔다.

쓰레기 산의 정면과 측면을 찍었다. 인스타그램과 페이스북, 카카오스토리에다 간단한 글과 사진을 올렸다. 회사에서 뉴미디어 홍보를 맡고 있었고 인터뷰나 취재를 할 때마다 글과 함께 사진을 올렸다. 내겐 익숙한 일이었다. 페이스북에 올린 쓰레기 산을 보고 구가 어떤 반응을 보일지 걱정이 되지만 이번에는 무슨 일이 있어도 쓰레기 산에 관한 기사를 쓰고 말겠다고 다짐했다. 심지어 쓰레기 산을 없애는 것이 은양에 온 이유인지도 모른다는 생각마저 들었다.

2부

침묵

1

마트 입구에서 잠바 차림의 남자가 사람들에게 신문을 나눠 주고 있었다. 요즘도 저런 일을 하나. 속으로 중얼거리면서 신문 한 부를 받는데, 안면이 있었다. 자세히 보니 서울에 있어야 할 안 선배였다.

"선배님이 여기서 뭐 하세요?"

나도 모르게 큰 소리로 물었다. 이름만 대면 다 아는 신문사에 근무하다가 몇몇 기자와 떨어져 나와 시사잡지를 만들고 있는 그였다.

"저, 아직 시사잡지 구독하고 있는데, 이 신문은 뭐예요?"

나는 그가 들고 있는 신문에 눈길을 던졌다.

"아, 이거… 창간한 지 얼마 안 된 주간신문인데 사장이 선배라 좀 도와주고 있어."

안 선배가 말했다. 서로 반갑다고 악수를 한 뒤 그간의 일을 풀어냈다. 안 선배는 우리 회사에 일어난 일과 내가 회사 그만둔 것을 알고 있었다. 동래에 무슨 일이냐는 그의 말에 복천동에 집이 있고 당분간 그곳에서 지낼 생각이라고 말했다.

서울에 올라간 뒤 가끔 들르던 집은 생각한 것보다는 양호했다. 마당 한구석에 있는 화단에는 풀이 무성하게 자라 있었고 어디선가 날아온 종이와 비닐봉지들이 마당에 쌓여 있었지만, 집 건물의 상태는 나쁘지 않았다. 하루에 한두 가지 집안일을 했다. 하루는 집 안 구석구석 청소를 하고 하루는 옷들을 정리하고 하루는 화단의 풀을 뽑고 시간이 나면 잠을 자거나 걸어 다니거나 했다.

그날은 식품을 사러 마트에 가는 길이었다. 안 선배는 시사잡지를 그만두고 부산에 내려왔다면서 바로 근처에 신문사가 있으니 잠시 들러서 차나 한잔하자고 말했다.

신문사란 말에 구미가 당긴 나는 그래요? 하면서 그의 뒤를 따랐다. 5층짜리 건물 2층에 있는 신문사는 규모는 작지만, 보도부, 광고부, 편집부, 사업부 등 구색은 다 갖추고 있었다. 안 선배는 기자들은 다 외근을 나갔다면서 컴퓨터를 들여다보고 있던 나이 지긋한 분에게 나를 소개했다. 이름은 백경석이지만 백주필로 불린다는 것은 나중에 알았다. 안 선배가 커피를 타는 동안 나는 테이블에 놓여 있는 신문을 뒤적거렸다. 기자를 모집한다는 광고가 눈에 들어왔다. 보도자료를 보내면서 기자들과 친분을 쌓았고 기자라는 직업에 은근히 매력을 느꼈던 나는 공고문을 자세히 들여다보았다.

"그래, 회사를 그만뒀다는 얘기는 들었어. 어떻게 지내고 있어?"

안 선배가 커피잔을 건네 주면서 물었다.

"그냥 놀고 있어요."

"그래? 그럼 우리 신문사에 나와서 일 좀 도와주면 되겠네. 기자 한 명이 그만뒀는데, 사람 구하기가 힘들어. 보도자료 올리고 인터뷰해서 기사를 쓰면 돼. 머리를 식히는 데는 일이 최고야."

안 선배가 말했다.

"저, 다른 회사에 취직할 수도 있어요."

"그 안에 사람 구할 수 있겠지. 그런 건 신경 쓰지 말고 사무실에 나와. 새로운 일을 경험해 보는 것도 그리 나쁘지 않아."

안 선배의 진지한 권유에는 나에 대한 안쓰러움이 담겨 있었다. 그래, 뭐라도 하는 게 낫겠지. 그런 생각으로 신문사에 출근했고 날 끌어들인 안 선배는 보름 뒤 다른 신문사에 스카우트되어 이직했다. 이러지도 저러지도 못하고 어정쩡한 입장이 된 나는 일에만 몰두했다.

회사 분위기가 이상하게 돌아갔다.

남자들은 모였다 하면 쑥덕거렸다.

"내 손에 장을 지진다. 이런 식이면 이 회사 망한다."

편집국장인 구와 사회부장인 손은 회사가 언제 망할 것인지 서로 내기를 했다. 새로운 사업체를 차린 사주가 신문사에 돈을 주지 않는 것 같다면서 사장이 아무리 뛰어다녀도 몇 달을 못 버틴다는 게 그들의 결론이었다. 사주가 사장과 안 선배, 백 주필의 권유로 신문사를 차렸고 생각했던 것과는 달리 돈만 들어가고 자신에게 돌아오는 것이 없자 시들해졌다는 거였다. 사장이 사채업자라는 소문도 돌았다. 한번은 사장이 사주의 사업체에 대한 글을 쓰고 홍보를 해야 한다면서 사업설명회에 나를 데리고 갔다. 큰 강당에는 사람들이 북적거렸고 내용을 들어 보니 금융 다단계 비슷했다. 내심 걱정이 되었지만 내색하지 않았다. 틈만 나면 회사 얘기만 하는 남자들을 보면서 회사가 망하지 않게 일이나 더 열심히 하지 왜 그렇게 시간을 축내고 있는지 모르겠다면서 속으로 구시렁거렸다. 회사가 망하면 누가 더 손해인가.

"한 번 생긴 신문사는 그렇게 쉽게 망하지 않아."

백 주필이 기자들을 다독거렸다. 경제신문사에서 한평생 근무한 그는 퇴직한 뒤 신문사를 차렸고 1년 정도 운영하다가 문을 닫은 이력을 가지고 있었다. 백 주필은 신문사의 원동력이었다. 아침 일찍 출근해서 신문이란 신문은 거의 다 읽고 기자들에게 기삿거리를 제공했다.

남자들의 예측은 틀리지 않았다. 20일에 나오는 월급이 늦어졌고 10일이 지나자 학보사 기자 출신인 최와 경남 무슨 신문사에서 일하다가 입사한 정이 노동청에 고발하고 월급을 받아 챙겼다. 그 와중에 사업부 직원들과 벡스코에서 박람회를 준비하던 사업부 팀장은 직원들과 술을 마시고 노래방에 갔고 여직원의 남편에게 성추행 고소까지 당했다.

동료 기자들은 퇴근하면 회사 근처 식당을 전전하면서 술을 마셨다. 그날은 돼지국밥 식당이었다.

"나도 그만둬야겠어요."

손은 다른 직장을 알아보고 있다고 말했다.

"어떻게 할 거예요?"

손이 내게 물었다.

"저는…."

나는 우물쭈물했다. 안 선배 따라 사무실에 놀러 왔다가 슬그머니 눌러앉았을 때 월급은 기대하지 않았다. 매일 출근할 수 있는 사무실이 있고 기자라는 새로운 경험만 해도 충분했다. 그래서 다른 사람들이 어떻게 하는지 관망하다가 결정하기로 마음먹고 있었다.

"기자가 돼서 그렇게 소신이 없으면 어떡해요."

고개를 숙이고 묵묵히 밥을 먹고 있는데, 맞은편에 앉아 있던 구가 불쑥 말했다. 나는 고개를 들어 그를 바라보았다. 나를 보고 한 말이었다. 난데없이 무슨 일인가. 그의 목소리는 다소 시비조였다.

"기자를 하려면 적어도 소신은 가지고 있어야죠."

그는 내처 말을 덧붙였다.

지금 뭐라고 하는 거예요? 내가 무슨 생각을 하는지 알고 그런 말을 해요? 대체 나를 어떻게 보냐고. 소신 없는 사람이 어딨냐는, 입안에 맴도는 말을 꾹꾹 목구멍으로 밀어 넣었다.

"회사가 어려운데 제 생각만 할 수 없고."

내 목소리는 들릴 듯 말 듯 작았다.

"그런 정신으로 기자를 하다니."

구가 또 빈정거렸다. 나는 입을 다물었다. 그와 말을 섞고 싶지 않았다. 기자로 근무한 지 며칠 되지 않아 문화부 차장 명함을 받자 구는 낙하산이니 뭐니 하면서 반감을 드러냈다. 손은 이십 년 동안 신문사

언저리를 돌다가 간신히 입사했고 다른 기자들도 젊었을 때부터 온갖 노력을 다하면서 힘들게 기자가 되었다면서 아무리 홍보실에서 일했다고 하지만 검증도 안 된 나에게 수습기자도 아니고 바로 직함을 주다니 도무지 인정할 수 없다면서 술자리에서 대놓고 말했다.

"대기업 홍보실에서 근무했다면서요. 그런데 왜 이런 데서 일해요? 기자는 아무나 할 수 있는 일인 줄 알아요?"

구가 집요하게 나를 물고 늘어졌다. 처음에는 또박또박 따지기도 했는데, 어느 순간부터 입을 다물었다. 그와의 말씨름은 불필요한 에너지 낭비였다.

구가 느닷없이 시청 출입 기자로 있을 때 경험담을 늘어놓았다. 시장이 태풍이 오는데도 제주도에 골프를 치러 간 것에 관한 기사를 썼고 공보실에서 그를 상대로 소송을 걸었다는 것이었다. 결국 언론중재위원회에서 중재해서 벌금은 물지 않았지만, 신문에다 5단짜리 사과문을 냈다면서 한참 영웅담인지 뭔지를 풀고 있던 구가 잡지사를 차리자고 제안했다.

"우리 신문사는 곧 망할 겁니다. 사주가 돈을 안 주잖아요. 이번에는 간신히 신문이 나오겠지만 다음에는 어떻게 될지 몰라요. 정주시에 신문사가 4개, 인터넷신문이 2개 있지만, 인구 10만의 은양에는 언론매체가 없습니다. 은양에 잡지사를 차리는 것은 어떻습니까. 제가 보기엔 승산이 있습니다."

"그것, 좋은 생각이네."

구의 말에 손이 맞장구를 쳤다.

"우리 인력이면 충분히 잡지사를 운영할 수 있어."

화제가 급회전했다. 세부적인 일까지 거론되었다.

"합류할 거죠?"

구가 내게 물었다. 나는 머뭇거렸다. 그들이 차리려는 잡지사에 확신이 서지 않았다. 고개를 숙이고 잠자코 밥을 먹고 있는데, 백 주필이 잡지도 신문과 비슷하다며 합류하는 것도 나쁘지 않을 거라면서 일단 은양을 한번 보고 생각해 보라고 권유했다.

그리하여 백 주필과 구, 손과 함께 은양을 둘러보았다. 첫눈에 은양이 마음에 들었다. 조용하고 한적하고 평화로운 느낌이었다. 마음이 저절로 편해졌다.

그리하여 우리는 은양에서 매거진을 창간했다. 그리고 서로 머리를 맞대고 의논한 끝에 행정구역상 이미 없어진 은양이란 지명을 제호로 삼았다. 원래 정주시 은양읍이었는데, 행정구획을 하면서 몇 개의 동으로 분리되었고 사람들은 여전히 은양이라는 이름을 사용했다. 은양발전협의회, 은양상공인협회, 은양

경제인연합회, 은양공업인협회 등등 지역단체와 상호, 축제, 행사 등의 이름으로 명맥을 이어 가고 있는 은양.

그렇게 '은양매거진'이 탄생했다. 월급은 편집디자이너인 정에게만 주고 모두 프리랜서로 일하기로 했다. 철저히 제 팔 제가 흔들기였다. 수입원인 광고를 하면 40%는 회사에 넣어 주고 60%는 자신의 수입으로 넣는 방식이었다. 회사를 책임지고 운영하는 구는 대표 겸 편집국장을 맡고 손은 광고와 사업을 담당하고 정주신문을 그만두고 합류한 성은 경제와 사회면을 담당했다. 백 주필은 고문으로, 아내의 제과점을 도와주고 있는 조는 기획, 판매를 맡았고 필요할 때만 사무실에 왔다. 나는 문화와 교육, 인터뷰 등을 맡았다. 몇몇이 모여서 창간한 은양매거진에 대해 주위에서 말이 많았다. 6개월 안에 망한다면서 손가락 걸고 내기를 한다는 소문까지 들려왔다.

그렇게 나는 잡지 에디터가 되었다. 신문사 기자는 아니지만, 잡지사 기자도 기자이고 언론고시를 쳐서 기자가 된 것은 아니지만 기자는 기자였다. 매일 다른 사람을 만나고 다른 일을 하고 다양한 경험을 할 수 있었다. 그런 시간들을 보내면서 나는 조금씩 진영을 잊어 갔고 조금씩 그린워싱 사건을 잊어 갔다.

2

오후 3시 40분, 하나둘 사무실에 들어왔다. 구와 손, 성은 오자마자 요즘 한참 뉴스에 나오는 모 정치인에 대해 이러쿵저러쿵 떠들었다. 백 주필이 간간이 그들의 대화에 끼어들었다. 사무실이 금방 시끄러워졌다. 4시 정각이 되자 조가 나타났고 우리는 회의용 테이블에 모여 앉았다. 별도의 방을 만들지 않은 탁트인 공간에 낮은 칸막이로 사무실과 회의실을 분리했다. 구의 아이디어였다.

"이런 식이면 회사 문 닫아야 해요."

광고도 열심히 하고 사업 기획을 해서 수익을 올릴 방법을 연구하자면서 말문을 연 구는 회사 운영의 어려움을 토로했다. 요즘 그가 만들어 오는 돈으로 운영을 하는 터라 뭐라고 할 처지는 아니었지만, 기회가 왔다 하면 꺼내는 말이라 지겨웠다. 백 주필은 구의 말에 간간이 고개를 끄덕였고 손과 성, 정, 조는 눈길을 아래로 떨어뜨리거나 수첩에 뭔가를 끄적거렸다. 나는 노트에다 그들의 면면을 스케치했다.

백 주필은 꼬리가 아홉 개 달린 여우다. 도무지 속

을 알 수 없다. 커피를 마시면서 기자는 들개 같다는 내 말에 그는 기자는 여우라면서 웃었다. 그때는 그 말이 이해되지 않았는데, 지금은 알겠다. 기자는 여우이고 그는 여우 중에도 구미호였다.

구는 딱 한 마디로 뭐라고 하긴 힘든 캐릭터다. 들개와 여우의 속성을 가지고 있다. 얼굴은 약간 검은빛이 돌고 눈빛은 부리부리하다. 언어도 거칠고 막말을 자주 하고 욕도 잘한다. 그는 기자를 천직으로 알고 있으며 복잡한 성격의 유형이다.

2차, 3차까지 회식을 하고 마지막으로 둘이서 술을 마신 적이 있는데, 그때 구에게 왜 기자가 되었냐고 물어보았다.

“중학교 때까지 축구를 했어요. 무릎을 다치지 않았더라면 계속 축구를 했을 거예요. 고등학교 1학년 때까지 아무런 생각이 없었어요. 2학년 올라갈 무렵 기자란 무엇인가, 라는 강의를 듣고 기자에 대해 관심을 가졌어요. 세상을 바꿀 수는 없어도 조금씩 개선하는 데 일조를 할 수 있다는 게 마음에 들었어요. 하지만 부모의 권유로 경영학과에 들어갔죠. 그리고 회사에 취직했는데 하필이면 그 건물에 신문사가 입주해 있는 거예요. 엘리베이터를 탈 때마다 자유롭게 돌아다니는 기자들이 부러웠어요. 과감하게 회사를 그만두고 신문사 취직준비를 했어요. 하지만 신문사에 들어가는 게 어디 쉽나요. 중앙지는 꿈도 못 꾸고 지역 신문사에 입사했고 여기까지 왔네요."

성은 비판적이고 정치적인 색이 강했다. 아버지가 언론인이었고 기자다운 기자가 되는 게 꿈인 그는 서울에 있는 신문사와 잡지사를 거쳐서 정주신문에 들어갔다가 1년 만에 그만두었다. 기자는 기사를 써야 한다는 원칙을 가진 그는 모 정치인의 글을 쓰라는 사장과 대판 붙었고 그 자리에서 자신의 짐을 챙겨 사무실을 나왔다. 독신이고 돈은 별도로 들어오는 데가 있어서 월급에 연연하지 않고 오로지 자기 생각을 글로 써서 신문에 내는 것이 목적이다.

손은 한평생 신문사 주변에서 얼쩡거린 인물이었다. 어찌 된 일인지 그는 한 신문사에서 오래 근무하지 못했다. 막간을 이용해서 몇 달간 재활용센터에서 월급 200만 원을 받고 일하던 그는 백 주필의 부름을 받아 다시 신문사에 복귀했고 신문의 잉크 냄새가 너무 좋다고 말했다.

"막 인쇄되어 나온 종이 냄새를 맡으면 살아 있는 것 같아요."

그런 그를 이상하게 생각하는 내게 구가 말했다.

"한 번 신문사에 발을 들여놓으면 벗어나기 힘들

어요."

비단 그뿐만이 아니다. 구도 성도 백 주필도 내가 보기엔 종이에 중독되어 헤어나지 못하고 있는 것 같다.

편집디자이너인 정은 도도하다. 고양이처럼 새침하게 군다. 대기업에서 근무하다가 성희롱 문제로 회사를 그만두고 은양으로 내려온 그녀는 잡지사에서 경력을 쌓고 있는 중이다.

조는 성실하고 생각이 유연하고 융통성이 좋다. 집안일도 잘 건사하면서 회사 일도 열심이다. 사람들과 인성으로 관계를 맺는 형이다.

그들의 공통점은 은양이란 잡지를 통해 일도 하고 밥도 먹고 산다는 것이다. 잡지사는 생존 터전이고 그들은 하나같이 기자라는 직업에 중독되어 있다. 달리 할 일도 없지만 돈이 되든 안 되든 저널리즘에서 헤어나오지 못하고 있다.

구는 이러다가 이번 호엔 광고가 백판으로 나가게 생겼다면서 협조를 좀 해 달라고 말했다. 그는 교활하게 굴지 않아서 좋다. 구의 목표는 생존이다. 그에게 필요한 것은 생활비와 잡지 발간비다. 어떻게 해서든지 돈을 마련해야 하는 게 그의 상황이다. 그것을 알고 있음에도 나는 그의 행동에 제동을 걸고 싶은 충동을 종종 느꼈다. 돈은 정당하게 열심히 발로 뛰어다니면서 벌어야 한다는 게 나의 지론이었다. 구와 내 생각은 평행선을 이루었다.

회의는 돌아가면서 각자 아이템을 발표하는 것으로 진행했다. 한 사람이 세 개나 네 개 정도를 아이템으로 냈다.

"정주신문에서 양주동 소각장 기사를 크게 냈어요. 주민 200여 명이 연일 집회한다고 하던데요. 이참에 소각장 문제를 다루는 것은 어떤가요?"

차례가 돌아오자 나는 며칠 전부터 머릿속에 굴리고 있던 생각을 말했다. 양주공단 내 폐수와 산업폐기물을 처리하려는 목적으로 설치된 소각장은 양주동 일대 스모그와 악취를 유발하는 업체로 민원이 끊이질 않았고 계약이 만료되어 재계약한다고 하자 주민들이 들고일어났다.

"그 문제는 좀 더 생각해 봅시다. 산단에 소각장이 있어야 한다는 여론도 있어요. 당장 그 소각장이 없으면 기업체에서 나오는 폐기물을 어떻게 해야 하는지 말들이 있어요."

구가 단칼에 말을 끊듯이 말했다.

"그래도 주택지에 소각장이 있으면 안 되잖아요."

나는 구가 왜 그런 말을 하는지 의아했다.

"아마도 이 지역에 대해서 잘 몰라서 그러는데, 그게 그렇게 단순한 문제가 아니에요. 양주동엔 두 개의 제지회사가 있고 환경문제로 지적을 받고 있는데, 그 회사들은 주민들에게 주기적으로 얼마씩 돈을 내서 무마시키고 있어요. 그런데 소각장은 그것을 중단했고 그것 때문에 주민들이 시위하는 거예요."

구가 말했다.

"시와 계약도 끝났다고 하던데."

나는 기사 내용을 떠올리면서 말했다.

"그래도 회사가 법적 소송을 제기한 상태이고 해결이 되려면 얼마나 걸릴지 몰라요."

구가 말했다.

"그건 그렇지."

백 주필이 옆에서 한마디 거들었다. 분위기가 이상하게 돌아갔다. 정주신문도 그것에 관한 기사를 썼고 인근 지역의 신문들도 그 문제를 언급하고 있어서 당연히 그 기사를 다룰 줄 알고 꺼낸 말이었다. 그런데 구와 백 주필의 반응은 내 예측을 완전히 벗어났다. 감지되는 기류가 딱히 뭐라고 집어 말할 수는 없지만 묘했다.

"그럼, 이번에 소각장 반대 주민 집회는 취재 안 하나요?"

나는 구에게 물었다.

"언제라고 했죠?"

구가 물었다.

"내일요."

"일단 내일 상황을 지켜봅시다."

구의 태도가 시원찮다. 왜 저렇게 뜸을 들이는 걸까. 소각장하고 무슨 일이 있는 건가. 나는 의아한 눈길로 그를 바라보았다.

"신문사 매출이 뭔지 알아요? 광고예요."

구가 말의 방향을 돌렸다. 또 왜 저러지? 나는 의문이 담긴 눈으로 그를 바라봤다.

"그 말은 돈이 되는 기사만 쓰자는 말인가요?"

"그런 건 아니죠."

구는 자신이 쓴 기사의 예를 들었다.

"달리 말하면 신중하게 굴자는 거예요. 돈이 있어야 잡지를 만들죠. 신문사가 대기업을 갈구면 어떻게 되는 줄 알아요?"

"광고를 주지 않겠죠."

"여긴 인구 10만의 도시예요. 우리 잡지를 잡지로 쳐 주지도 않아요. 이렇게 척박한 땅에서 발붙일 데도 없는데, 회사가 망하는 걸 보고 싶나요?"

나는 입을 다물었다. 대화 강도가 점점 세어졌다.

"그래도 쓸 건 써야죠. 환경문제는 심각한 거예요."

나는 단단한 목소리로 말했다.

"물론 그것도 중요해요. 하지만 우린 무엇보다 수입을 창출해야 해요. 수입이 생겨야 사무실 운영도 하고 월급도 주고 잡지도 찍어 내죠. 기자가 좋았던 시절은 다 지나갔어요. 요즘은 그런 것 없어요. 꿈과 현실은 엄연히 다르죠. 소각장은 두고 봅시다."

구가 강하게 말했다.

"민 기자도 수입이 있어야 하니까 광고를 좀 하세요. 개업하는 데 찾아가서 글을 써 주면 웬만하면 광고를 줘요."

구는 은근히 나를 압박했다. 나라고 뭐 안 하고 싶어서 안 하나. 나는 속으로 투덜거렸다. 어제도 아침부터 차를 몰고 연산동 먹자골목을 구석구석 돌아보았다. 다른 신문에 광고를 내거나 현수막을 걸거나 전단을 뿌린 식당에다 전화를 걸어서 취재 얘기를 꺼내면 반응은 여러 가지였다. 기사를 실으면 돈을 줘야 하냐고 묻기도 했다. 기사만 쓴다고 말해도 상대방은 의심했다.

"광고할 때 이번에는 광고하고야 말겠다는 간절한 마음을 깔고 한번 해 보세요. 그러면 자신도 모르게 떳떳하게 되고 당당하게 광고 얘기를 꺼낼 수 있어요."

구가 안됐다는 투로 말했다.

"그런데 왜 취재를 안 해요? 취재하면 광고가 자연스럽게 따라와요."

나는 그의 얼굴을 뚫어지게 쳐다봤다. 조금 전, 소각장을 취재한다고 해도 말리지 않았던가. 요즘 들어서 구는 부쩍 자신이 한 말도 금방 잊어버렸다. 그런 일이 한두 번이 아니었다.

나는 쓰레기 산 기사를 제안했다.

"민 기자는 뭘 잘 몰라서 그러는데 기사는 뭔가 건더기가 있을 때 하는 거예요. 다른 신문에 난 것을 보고 따라 쓰는 게 안전해요."

구가 말했다. 그의 말이 어느 정도 이해는 되었지만 그래도 이건 아니라는 생각이 들었다.

"삼일건기 허이재가 부지확장을 신청했대요. 삼일건기에서 요청한 폐기물 부지확장이 통과된다면 폐기물 산은 더 높아지겠죠. 비가 오기라도 하면 오염물질이 여야강에 흘러내려 2차, 3차 오염이 이뤄져 주변 농작물과 양주동에 조성 중인 화훼농지 등이 심각한 피해를 받을 것은 자명해요. 그리고 폐기물은 공기오염을 유발해요. 아토피, 천식, 비염 등의 원인이 되죠."

나는 목소리를 높였다. 백 주필과 손은 눈길을 내

리깔고 가만히 내 말을 들었고, 구는 멀뚱멀뚱한 눈으로 관망하는 듯한 자세를 취했고, 성은 간간이 고개를 끄덕였다. 모두 내가 말을 끝낼 때까지 가만히 듣고만 있었다. 중간에 말을 자르지 않아서 다행이라는 안도감이 한순간 들었다.

"그래서 뭐 기사라도 쓰겠다는 거예요?"

구가 물었다.

"당연히 그래야 하는 것 아니에요?"

순간 구가 픽, 헛웃음을 지었다.

"정주시에 신문사가 4개 있고 인근 지역에 신문사들도 많아요. 기자들이 여태 가만히 있었다고 생각하세요?"

구가 내게 물었다. 나는 왜 그런 질문을 하는지 모르겠다는 얼굴빛을 했다.

"예전에 다들 기사를 썼어요. 그런데도 시정이 안 됐어요. 왜 그렇다고 생각해요?"

똥개 훈련하나. 그의 말에 반감이 일어났다.

"뭐, 구린 데가 있겠죠."

"당연, 그렇겠죠. 안 그랬으면 왜 기사가 한 줄도 안 나왔겠어요."

"주민들은요?"

"주민들도 마찬가지겠죠."

"그래서, 가만히 있자는 겁니까?"

나는 구의 얼굴을 빤히 바라봤다.

머릿속이 복잡했다. 기획 회의를 할 때마다 느끼는 것이지만 생각 차이를 극복하기는 쉽지 않았다. 구가 무슨 말을 해도 믿을 수가 없었다.

"모름지기 기자라면 쓰레기 산을 보고도 가만히 있으면 안 되죠."

나는 내뱉듯이 말했다.

"그게 무슨 말이죠?"

구가 물었다.

"H신문사 기자는 삼일건기 부지확장 기사를 썼잖아요."

"아, 그거요. 그건 쓰레기 산이 아니라… 산업폐기물을 처리하는 사업장인데…. 아무튼 내가 말하는 것은 이거예요. 건더기가 있을 때 기사를 쓰는 거요."

구가 말했다.

"그럼, 부지확장 기사가 났으니 그걸 메인으로 해서 기사를 쓰면 되겠네요."

나는 단도직입적으로 말했다. 구가 떨떠름한 표정을 지었다. 주변에 긴장감이 살짝 감돌았다. 성은 사태 추이를 지켜보는 듯한 표정이었고 구와 나는 서로 대치했다.

"민 기자라면 건축폐기물 기사를 써도 되겠네요. 청정지대이니까. 쓸 수 있으면 한번 써 보든지요."

난감한 표정을 짓던 구가 갑자기 태도를 바꿔 명쾌하게 말했다. 하지만 그 말은 넌 절대로 쓸 수 없어, 라고 말하는 것 같았다.

"털어도 먼지 하나 나지 않으니까 괜찮겠지."

그 말에 백 주필이 입가에 웃음을 지었다.

"쓸 수 있겠어요?"

구가 뭔가 생각하는 눈빛으로 나를 바라보면서 물었다.

"쓰면 되죠."

나는 자신만만하게 대답했다.

"그럼, 쓰세요."

구가 말했다.

내친김에 나는 쓰레기 산에서 죽은 외국인 노동자에 대해서 심층 취재를 해 보겠다고 선언하듯이 말했다.

3

쓰레기 산에 대한 취재는 쉽지 않았다. 구에게 물어보면 간단하게 대답을 했다. 기사를 쓰든 말든 별 관심이 없는 듯했다. 몇 번 그러고 나선 진행 과정을 구에게 말하지 않았다. 미리부터 말했다가 기사를 쓰기도 전에 의욕부터 꺾이고 싶지 않았다. 구는 내가 넘어야 하는 거대한 벽이었다.

나는 먼저 한에게 전화를 걸었다. 그는 반갑게 전화를 받으면서, 저녁 7시에 행사가 있는데 혹시 취재를 와 줄 수 있냐고 물었다. 오늘은 일정이 있어서 안되니 사진을 찍어 간단하게 행사 내용을 문자로 보내 주면 기사를 써서 매거진 인터넷에 올리겠다고 말했다. 그리고 쓰레기 산 취재 때문에 그러는데, 언제쯤 시간이 나느냐고 본론을 꺼냈다.

"쓰레기 산요? 아, 그 산…."

그는 처음에는 무슨 말인가 하더니 이내 알아차리곤 웃었다.

"그 산에 대해서 할 말이 많아요."

그는 이어서 말했다.

"금요일, 아침 11시는 어때요?"

"그 시간엔 괜찮아요."

그는 순순하게 말했다.

섭외 중이던 인터뷰가 펑크가 났다.

"연산동 체육회 회장을 섭외할까 하는데요."

나는 한 번 식사를 한 적이 있는 유 회장을 언급했다.

"시기상조가 아닐까요."

구가 말했다.

"전 회장이 죽은 지 얼마 되지 않았는데, 인터뷰하려고 할지도 모르겠고."

"그것도 그렇네요. 그런데 전 회장은 왜 자살했나요? 아직 나이도 젊은데."

"그 사람에 대해선 내가 잘 알고 있어요. 한때 자동차를 많이 팔아서 전국 1등도 하고 신문에도 났어요. 잘 나갔죠. 그런데 시의원 나오면서 여기저기 돈을 많이 끌어다 썼고 독촉을 받고 있었나 봐요. 이번에도 돈을 갚으라고 재촉한 친구 공장에서 목을 매달고 죽었잖아요. 공장에 찾아온 그에게 친구가 점심을 먹으러 가자고 했나 봐요. 안 간다고 해서 혼자 두고 갔는데, 돌아와 보니 죽어 있더래요."

구가 말했다.

"정치가 사람을 죽이네요. 그냥 영업이나 할 것이지."

손이 말했다.

"그럼 유 회장은 다음에 하기로 하고 이번엔 누구로 할까요?"

나는 주위를 둘러보았다.

"다른 신문 모니터링도 하고 인터뷰할 사람을 정해 보세요. 잡지는 기획이 생명력입니다. 어떤 기획을 하느냐에 따라서 광고주가 따라붙죠."

구가 말했다.

"네."

"참, 그리고 이번에 기업 섭외는 제가 할게요."

구가 말했다. 잘못 들었나.

"그게 무슨 말씀인지?"

"기업 섭외는 내가 한다고요."

"왜요? 보통 제가 했잖아요."

"할 데가 있어서 그래요."

"그럼, 나한테 넘기면 되죠."

"그럴 만한 이유가 있어요."

전에도 이런 적이 있었다. 평소엔 문화와 교육, 기업 등은 내가 알아서 취재했고 글을 썼다. 한민석 도예가를 취재할 때였다. 그는 전국적으로 알아주는 도예가로 정주시민신문을 키우다시피 했다. 그에 대한 자료를 조사하고 질문지를 만들고 있는데, 느닷없이 그가 자신이 직접 인터뷰하겠다고 나섰다.

"민 기자님 같은 초짜한테 그걸 맡겼다가 광고고 뭐고 물만 흐려 놓을 것 같아요. 광고 말아먹고 싶지 않으면 나한테 넘겨요."

그가 말했다. 맞는 말이다. 하지만 방법이 비열했다.

"광고도 해 봐야 늘죠."

나는 불만스럽게 말했다.

"민 기자님, 분명히 말하지만 나는 베테랑이고 민 기자님은 초짜예요. 초짜가 베테랑 말에 대들면 되나요. 그럴 만한 이유가 있어서 그래요."

그때의 상황이 재현되고 있다. 나는 말없이 구를 바라보았다. 베테랑이면 베테랑답게 굴어야지. 이건 뭐 하는 수작이야, 라는 생각을 두 눈에 담았다.

"건설 광고는 어떻게 진행하고 있어?"

구는 얼마 전에 영입한 박에게 화제를 돌렸다.

"반타작은 해 놨어요."

"그럼, 함께 가 보자. 달아오를 때 해치워야지."

"안 그래도 약속 잡아 놨어요."

박이 말했다. 박은 폼생폼사다. 인테리어 사업에 실패한 후 놀고 있는 그를 구가 광고나 하라고 끌어들였다. 건설 광고 300만 원을 한 이후 사무실엔 어쩌다가 한 번씩 나왔고 광고 이사란 명함을 들고 여기저기 돌아다녔다. 사람들이 내게 그가 누구냐고, 잡지사 직원이 맞냐고 묻곤 했다. 구와 붙어 다니면서 뭔가 도모하는 눈치였지만 알려고 하지 않았다. 물어도 답해 주지 않겠지만 무엇을 하든 관여하고 싶지 않았다.

“이번에 교육은 취재 안 해요?”

구가 돌연 내게 말을 돌렸다.

“학교 행사는 교육청 사이트에 들어가면 다 올라와요.”

“그건 보도자료잖아요. 교육청이고 어디고 뛰어다녀 봐요. 쓸 거리가 얼마나 많은데, 광고도 줘요. 왜 그런 데는 안 하는지 모르겠네.”

“학교 예산이 없어서 이십만 원 광고도 쩔쩔매요.”

나는 구를 쏘아보았다.

“그건 민 기자님이 뭘 몰라서 그렇죠. 한번 쑤셔 봐요. 맨날 빨아 주는 기사나 쓰니 사람들이 무르게 보잖아요. 민 기자님이 제대로 기사를 써 봐요. 사람들이 광고를 안 주나.”

속에서 화가 치밀어 올랐다. 굳이 저렇게까지 말할 필요가 있나. 은양매거진에 목숨을 걸었다면서 협조 체제를 이뤄서 일해 나갈 생각은 안 하고 오히려 망치다니. 저런 뇌 구조를 가지고 무슨 일을 한다고. 그만 때려치우세요! 나는 속으로 중얼거렸다.

“이제 각자 맡은 일을 합시다. 딴짓하지 말고. 민 기자님도 광고해야 돈을 벌죠.”

구가 말했다. 누가 할 소리! 사람들은 구에 대한 불

만을 내게 말했다. 입이 너무 거칠다고 툴툴거렸다.

"정해지면 문자 줘요."

구는 박과 함께 나가면서 말했다. 이어 성과 손도 나가고 사무실엔 백 주필과 나만 남았다. 한두 시간이 지났나.

"인터뷰 정했나요?"

칸막이 너머에서 백 주필이 물었다.

"아직요."

나는 컴퓨터 화면에서 눈길을 떼지 않고 대답했다.

"정주일보에 허이재가 육성재단에 장학금 천만 원을 기부했다는 기사가 났네요. 이참에 취재도 하고 광고도 좀 받고 해요."

"허이재요?"

"허이재, 광고 잘 줘요. 민 기자님이 한번 가 봐요."

"……."

나는 입을 다물었다. 백 주필의 의도가 얼른 파악되지 않았다. 쓰레기 산 기사를 취재 중인 내게 그런 말을 할 때는 필경 뭔가 이유가 있을 것이다. 그것은 무엇인가. 눈치가 백 단인 백 주필이다. 나는 정주일보에 들어가서 기사를 검색했다.

삼일건기 허이재 대표는 지난 19일 지역인재 육성을 위해 써달라며 장학기금 1,000만 원을 정주시 육성장학재단에 전달했다. 이날 유동민 시장과 안진수 육성장학재단 이사장, 허이재 대표가 참석해 장학금 전달식을 가졌다. 허 대표는 "기업이윤만을 추구하는 것이 아니라 사회봉사를 통해 아름답고 풍요로운 사회를 가꾸는 것이 중요하다고 생각해 지역의 장학사업에 동참하고자 기탁하게 됐다"고 밝혔다.

기사 속의 허이재는 환하게 웃고 있다. 돈 몇 푼으로 사람들의 눈을 가리려고 하는가. 몇 주 전에도 은양사회복지회관에 1천만 원을 기부했다는 보도자료가 왔지만 인터넷에 올리지 않았다. 근래 접어들어 기부를 자주 하더니 다 이유가 있었다. 부지확장 때문이다. 그가 장학금이니 후원금이니 뭐니 하면서 기부한 돈이 다 입막음용이었다. 그런 식으로 지금까지 3번이나 부지확장을 하면서 쓰레기 산을 쌓아 왔겠지.

"장학금엔 의도가 있는 것 같은데요."

나는 칸막이 너머 백 주필을 바라보았다.

"그야 그렇지."

백 주필이 말꼬리를 흐렸다. 나는 아무 말도 하지 않았다. 사무실엔 불편한 침묵이 흘렀다.

"다녀오겠습니다."

나는 목적지를 밝히지 않고 큰 소리로 말했다.

"잘 갔다 와요."

신문을 뒤적거리면서 백 주필이 말했다.

"네."

어딜 가는 것처럼 급하게 사무실을 나왔지만 달리 일정이 없었다. 천천히 걸음을 옮겼다. 백 주필의 의도가 무엇인지 감이 잡히지 않았다. 그의 머릿속으로 들어가서 대체 무슨 생각으로 그 말을 했는지 알고 싶었다. 사실 쓰레기 산에 대한 기사를 쓰려면 허이재를 취재하고 쓰레기 산에 대한 그의 말을 듣는 것이 객관적이다. 그런데도 허이재와 대면하고 싶지 않았다. 그가 두려웠다. 왜? 무엇보다 쓰레기 산에 대한 질문에 화를 내면서 큰소릴 지를 게 뻔했다. 그런 그와 대적할 자신이 없었다. 생각만 해도 온몸이 오싹했다.

***

한의 회사는 은양의 끄트머리에 있다. M시의 경계선에서 얼마 떨어지지 않았고 주변에 산단이 서너 개 들어서 있다. 그가 취급하는 것은 생활폐기물이다. 약속 시각에 맞춰서 사무실에 들어가자 그는 운전사가 갑자기 일을 부탁해서 M시에 물건을 운송하고 왔다면서 옷을 갈아입겠다며 이 층으로 올라갔다. 그를 처음 본 것은 은양에 온 지 얼마 되지 않아서였다. 구가 청년회의소 회장을 거쳐 이런저런 사회 활동을 하는 한에 대해 말하면서 기업 탐방을 추천했다. 그 일로 한과 유대관계를 맺어 오고 있다.

나는 그를 기다리면서 건물 곳곳에 설치된 CCTV 화면을 들여다보았다. 대형 창고에는 압축한 폐지가 산더미처럼 쌓여 있었다. 중국에 수출하거나 제지회사에 납품하는 폐지가 불경기 때문에 묶여 있는 거였다. 대형트럭 한 대가 정문으로 들어왔다. 마당 한가운데 잠깐 멈추어 폐지 무게를 재고는 창고 안으로 들어갔다. 그곳에서 쓰레기를 분리해서 압축할 것은 압축하고 소각할 것은 소각했다.

한 오 분 뒤 이 층에서 내려온 한은 점심이나 먹으러 가자고 말했다. 시간이 좀 일렀지만 그러자고 흔쾌히 대답했다. 각자 자기 차를 몰고 추어탕 집으로 향했다. 밑반찬이 나오고 난 뒤 휴대폰의 녹음 앱을 눌렀다.

"녹음해도 돼요?"

나는 녹음 버튼에 손을 갖다 대면서 물었다.

"괜찮아요. 그런데 오늘은 날 취재하는 겁니까?"

한이 웃었다.

"그게 아니라 요즘 잘 잊어버려서 그래요."

추어탕이 나왔다.

"삼일건기가 매립하고 있는 것이 구체적으로 뭔데요?"

나는 숟가락으로 추어탕을 퍼먹으면서 물었다.

"건축폐기물을 처리할 때 나오는 오니와 건설공사 시 건설폐기물과 혼합되어 발생되는 것 중에 분리·선별된 흙모래·자갈 등을 건설폐토석이라고 하는데, 알갱이는 제품으로 판매하고, 오니와 폐토석을 반반 섞어서 현장에 쌓은 겁니다."

"쓰레기네요."

나는 딱 잘라 말했다.

"정확히 말하면 성토재예요. 콘크리트가 어디서 온 것인지 모르고 따라서 온갖 오염물질이 섞여 있겠죠. 그게 다 돈입니다. 저 정도로 산을 쌓을 정도면 얼마나 많이 벌었겠어요? 허이재는 아마도 은양에서 제일 현금을 많이 소유하고 있을 거예요."

한이 눈을 치켜떴다. 저 거대한 쓰레기가 다 돈이라니. 계산이 서지 않았다. 그러니까 돈을 벌기 위해서 쓰레기를 쌓았다는 거지.

"아무리 그래도 그렇지. 그런 식으로 돈을 벌면 안 되죠."

뇌세포가 경직된 느낌이었다.

"허이재는 막무가내예요. 저렇게 쓰레기 산을 쌓으면 안 된다는 것은 대부분 인정해요. 그런데도 말을 못 해요. 토박이들은 허이재와 얽히고설켜 있어요. 동문 선후배들이거나 단체 회원이거나 아니면 후원금을 받았거나."

"허이재가 그런 걸 이용해서 돈을 벌었네요."

"아마도 그의 논리는 우리와 다를 거예요. 건축폐기물을 매립하는 것은 당연하다고, 그래야 기업이 돌아간다고 말이죠. 정말 쓰레기 산 기사 쓸 거죠?"

한이 다짐하듯이 물었다.

"당연히 써야죠. 기사를 쓴다고 해도 저 산을 통째로 들어낼 수는 없을 거예요. 그렇다고 그냥 두고 볼 수는 없잖아요. 쓰레기 산을 볼 때마다 화가 나요. 공기 오염의 주범이 도심 가운데 떡 버티고 있다니. 쓰레기 산은 은양의 흉물이에요. 사람들이 매일 흉물을 본다고 생각해 봐요. 사람들이 왜 가만히 있었는지 모르겠어요."

"옛날엔 산이었는데, 도시 개발이 시작되면서부터 아파트가 들어선 거죠."

"그래도 도심 부근이죠. 가치관의 문제인 것 같아요. 정신이 똑바로 박혀 있으면 그런 짓을 안 하겠죠."

나는 가치관을 들먹거렸다.

"사람마다 다르니까요." 한이 말했다.

"결국은 쓰레기 때문에 지구가 멸망할 거예요."

"하지만 누군가는 건설폐기물을 처리해야 해요. 만약에 그런 업체가 없다면 어떻게 되겠어요? 그러나 도시 환경의 변화에 따라 빠져나가야 할 때는 미련 없이 신속하게 이전을 하는 것도 함께 사는 공동체 미덕인데. 대체할 만한 부지확보가 어렵다는 말은 변명에 불과해요. 준비할 수 있는 시간은 많이 있었어요. 허이재도 이제 선택해야 할 때가 된 거죠. 그는 은양 시민 전체를 담보로 잡을 권한이 없어요."

한은 허이재가 이제는 그만둬야 한다고 목소리를 높였다. 시대가 달라져서 환경오염에 대해 사람들 관심이 높아지고 있는데, 아직도 그것을 인지하지 못하고 도심에서 산업폐기물을 처리하는 것은 아니라고 말했다.

"쓰레기 산은 허이재 욕심이 만든 흉물이에요. 그는 다른 사람들을 끌어들여 똥구덩이에 처넣은 거예요. 나는 자신이 싼 똥은 자신이 치워야 한다고 생각해요."

나는 똥이란 단어를 입에서 꺼냈다. 쓰레기 산은 한 개인의 욕망과 정치인의 욕망과 사람들의 욕망이 만든 흉물이었다. 어느 사이 점점 몸집을 불린 거대한 쓰레기 산은 은양의 치부였다.

***

원룸 밀집지대인 마창에는 은양에서 가장 많은 외국인 노동자들이 거주했고 이번에 쓰레기 산에서 죽은 과테말라 노동자도 은양외국인센터에 적을 두고 있었다. 은양외국인센터 사무실에서 만난 센터장 유경은 삼일건기에서 죽은 외국인 노동자에 대해서 잘 알고 있었고 회사에서 합의금도 받고 장례식도 잘 치러 주었다고 말했다. 요즘은 회사에서 마음대로 하지 못해요. 근로 조건도 좋아져서 그런 일이 생겼을 때 처리해 주는 곳도 있어요. 그녀는 약간 서두르는 느낌으로 말했다. 유경의 그런 태도에 의구심이 일어났다. 쓰레기 더미에 묻혀 죽은 노동자의 이름은 후안이고 그와 같이 한국에 온 친구 이름은 고메스이고 현재 재활용 쓰레기 선별장에서 일하고 있다는 사실을 알아냈다.

사업장은 마창에서 얼마 떨어지지 않은 곳에 있었다. 사업장에 들어서자 요란한 모터 소리가 귓속을 파고들었다. 컨베이어벨트 앞에는 노동자 여러 명이 쓰레기 더미에서 페트병과 비닐, 맥주 캔들을 골라내고 있었다. 악취가 코를 찔렀다. 이들이 걸러 낸 폐기물로 상자가 하나둘 찼다.

“외국인들 없으면 일 못 해요. 3디 업종이라 다들 기피하잖아요. 인력사무소에서도 ‘쓰레기 선별장’이라면 고개를 내저어요. 한 번 일하러 온 사람은 다시 오지 않아요. 쓰레기 선별은 누군가 해야 하는데, 이 사업도 이제는 힘들어요.”

사장이 말했다.

쉬는 시간이 되어서야 고메스를 만났다. 그는 한국에서 일하는 외국인 노동자의 열악한 환경에 대해서 할 말이 많았다. 후안이 쓰레기 더미에 깔려 죽은 것도 회사 잘못으로 돌렸다. 그날은 폭우로 쓰레기 더미가 무너지기 직전이었는데 사장이 무리하게 일을 시켰다는 것이다. 그런데도 회사는 후안의 장례식에 참석하지 않았고 아무런 조치도 취하지 않았다고 했다. 유경의 말과는 달랐다.

“우리나라에 가면 우리도 소중한 가족이에요. 생계를 위해 코리안 드림을 꿈꾸며 한국 땅에 왔어요. 안전하게 일할 수 있는 환경이 필요해요. 일하다가 발생한 사고는 당연히 산재 처리도 받고요.”

고메스는 더듬더듬 한국어로 말했다.

***

고메스를 만나고 사무실로 들어가는데 성에게서 전화가 왔다. 서계동 사거리 커피숍에서 잠시 보자는 것이었다. 아이스 아메리카노를 마시면서 머리를 굴렸다. 외국인 노동자 죽음에 대해 구에게 몇 번이나 거론했지만 그때마다 그는 알았다고 대답하고는 흐지부지 넘어갔다. 차라리 외국인 노동자 실태에 관해 쓰는 것은 어떨까. 그런저런 생각을 하면서 창밖을 내다보았다. 서계동 사거리 교차 횡단보도가 한눈에 들어왔다. 사람들이 신호를 받아 서 있거나 걷거나 했다. 은양에서 번화가인 사거리임에도 사람들이 별로 다니지 않는 게 한적한 소도시의 매력이라면 매력인가. 그나저나 태풍이 올라오고 있다더니 비구름이 천운산 중턱까지 내려와 있다. 벌써 몇 번째 태풍인가. 태풍이 올라온다는 예고에도 거리에는 과일 파는 트럭이 있고, 도로변을 따라 사람들이 과일과 채소를 팔고 있다. 하지만 과일 사세요, 라고 활기차게 외치는 목소리도 없고 얼마예요, 하고 가격을 묻는 사람도 없다. 시간은 느리게 흘러가고 거리는 조용하다.

낯익은 얼굴이 보였다. 구였다. 그는 휘적휘적 걷고 있었다. 표정은 잔뜩 긴장되어 있고 입술은 한일자로 굳게 다물어져 있다. 아침 10시에 누굴 만나러 간다고 하더니 뭐가 잘못됐나.

잡지를 뒤적거렸다. 인쇄가 잘 되었다. 글자와 광고가 선명했다. 잡지 표지 디자인도 좋고 표지 헤드라인도 잘 뽑았다. 성은 30대 청년들 고민에 대해 썼고 독자 반응이 좋았다. 구가 쓴 기사도 있다. 내용이 형평성을 유지하는 것처럼 보이지만 약간 한쪽으로 치우쳐 있다. 인쇄되어 나온 기사는 다른 느낌으로 다가왔다. 차근차근 기사를 읽으면서 살살 녹여 먹던 얼음을 어금니로 깨부쉈다. 이미 녹을 대로 녹아 알사탕보다 작아진 얼음은 쉽게 부서졌다.

"선배님, 약간 늦을 것 같습니다."

성이 메시지를 보내왔다.

"네. 천천히 오세요."

나는 이모티콘을 넣어서 답장을 보냈다. 문득 희망에 가득 찼던 시절이 떠올랐다. "성공하고 싶어요." 회사에 입사한 나는 선배에게 그렇게 말했지. 성을 보고 있으면 그때의 열정이 느껴졌다.

성은 20분이 지나서야 맞은편 의자에 앉았고 그사

이 폭우가 내렸다.

"이상 기류네요. 무슨 태풍이 이렇게 자주 옵니까."

성이 말했다.

"그러게요."

나는 한숨을 내쉬었다. 이상 기류라는 말이 가볍게 들리지 않았다. 지구가 미쳐서 날뛰는 것 같았다.

"비가 오면 어딜 가는 것도 그래요. 사무실에서 기사나 쓰든지 해야겠어요."

성이 말했다. 나는 1층에 내려가서 아메리카노를 주문해서 가져왔다.

"전 구 대표님이 왜 그러시는지 모르겠어요."

성은 커피를 한 모금 마시고는 바로 말을 꺼냈다. 커피 한잔하자고 하더니 이 말을 하기 위해서인가. 이번에는 무슨 일인가. 그의 얼굴을 가만히 주시했다.

"여야강 기사를 보류하래요."

"왜요?"

"그게요. 좀 더 상황을 지켜보다가 결정하자고 하네요."

"그렇게 하면 안 되지!"

"그렇죠! 소각장처럼 어물쩍 넘어갈 것 같아요."

성은 컵에 따라 온 물을 단숨에 들이마셨다. 삼십대 초반인 그는 자신이 옳다 싶으면 밀고 나가는 형이었다. 구와 몇 번이나 충돌했고 그때마다 내가 중재를 나섰다.

"그러게. 쓰레기 산에서 죽은 외국인 노동자도 넘어가더니."

"예전에는 안 그러셨잖아요? 생각이 바뀐 것 같아요."

성은 기자회견에서 받은 자료를 내게 보여 주었다. 내용은 시장이 여야강을 따라 길을 만들 때 조경공사를 사위한테 맡겼다는 것, 다른 곳으로 이전한 행정복지센터 자리를 동생에게 넘기기 위해 조작했다는 것 등이었다.

"다 알고 있는 내용이네요. 아무튼 조경공사는 잘못됐어요. 콘크리트로 조성을 하는 바람에 풀도 꽃도 자라지 않고 비가 와도 물이 스며들지 않으니."

나는 기자회견문을 보면서 말했다.

"이번엔 야당도 가만히 있지 않을 것 같아요. 검찰에 고발도 했어요. 이럴 때 우리도 가만히 있으면 안 되잖아요. 뭔가 해야죠."

"가만히 있으면 안 되지. 그런데 구 대표님이 그럴 때는 그럴 만한 이유가 있지 않을까요?"

슬쩍 운을 뗐다. 구가 그런 말을 할 때는 무엇인가 그만의 계산이 있었다.

"무슨 이유가 있겠어요? 시장 편이라서 그렇죠. 부정부패와 싸우는 게 우리 역할이잖아요."

성이 목소리에 힘을 주어 말했다. 아직 세속에 물들지 않은 순수한 열정이 그의 얼굴에 어려 있었다. 비리를 보면 참지 못하는 정의감도 있고 날카로운 비판의식도 있고, 무엇보다 제대로 된 잡지를 만들어 보고 싶다는 강한 의지가 있는 친구다. 그런 성에게 구의 편을 드는 게 약간 우려가 되었지만 그래도 분위기를 좀 가라앉히고 싶었다. 구가 그럴 수밖에 없는 상황을 짐작해 주길 원해서 꺼낸 말이다.

나의 행동이 예상 밖이었던가. 눈빛이 서로 얽혔다. 성의 눈빛이 날카로워졌다.

"여야강 조경공사는 나중에 짐이 될 거예요. 강바닥에 깔아 놓은 콘크리트와 호안도 짐이 되었잖아요. 물이 바닥에 스며들지 못하니 건천이 되고. 정말로 여야강을 생태강으로 되살리려면 그것들을 걷어 내고, 수생식물과 관목류도 심고 하천 중간에 댐도 만들고 물고기가 자유롭게 오르내릴 수 있도록 수로도 만들어야 해요. 정치인들이 한 치 앞도 내다보지 못하네요."

성이 목소리를 높였다. 기시감이 들었다. 알고 보니 신제품이 친환경이 아닌 것을 부장도 알고 있었다.

그때 나는 제안서를 보고 왜 아무 소릴 안 했냐고 그러면 안 되는 것 아니었냐고 따졌다. 그때 내 눈빛이 저랬을까.

"그러게요. 왜 다들 몸을 사리는지 모르겠어요."

"기자는 그러면 안 되죠."

성이 말했다.

"맞아요."

나는 맞장구를 쳤다.

"시청 출입을 할 때는 불의를 보면 참지 않는 정의심을 가지고 있었어요. 그래서 흔쾌히 합류했는데. 올해의 기자상을 받은 구 대표님이 변할 줄은 생각지도 못했네요."

성이 말했다.

"구 대표님이 기자상을 받았다구요? 처음 알았네요."

"그 기사 정말 좋았어요. 기자 정신이 투철했죠."

나는 구의 행동을 꼼꼼히 짚어 보았다. 그러고 보니 가끔 번득이는 구의 정의감이 그냥 생긴 것은 아니었네.

"이번 여야강 문제는 구 대표님한테 물어볼게요. 그나저나 정 회장에 대해 아는 것 있어요?"

나는 화제를 돌렸다.

"조금은요. 은양 토박이예요. 서울 H공대를 나와서

제지회사에서 상무로 근무하다가 사업체를 차렸고 성공했죠. 허이재와는 초등학교, 중학교 동창이에요. 지역발전 운운하면서 예술단체 지원도 하고 사회 활동을 많이 하고 있지만, 사실은 다 포장이에요. 그는 뼛속 깊이 사업가예요. 돈을 위해서라면 무슨 짓이든 하죠. 돈으로 사람을 움직여서 자신이 원하는 대로 하는 것 같아요."

성은 허이재와 정 회장은 다른 길을 가고 있는 것 같지만 결국은 한통속이라고, 시장과 함께 골프를 치면서 호형호제하는 사이라고 말했다.

"아무튼 정 회장은 지역 거물이에요. 구 대표가 점찍은 사람을 선배님한테 넘기는 이유가 뭘까요? 뭔가 있는 것 같아요. 처음엔 몰랐는데 제가 열심히 취재해서 진심으로 쓴 기사가 삭제되거나 부드럽게 바뀐 경우가 많았어요. 광고 때문이죠. 어떤 경우는 기사를 광고와 바꿔 먹기도 했어요."

"글만 쓰는 건데… 뭐가 있을까?"

"그건 모르죠. 암튼 세상이 썩어 부패해도 사람들은 진짜 기사를 갈망하고 있다고 생각해요. 사이비니 기레기니 싸잡아 비난해도 그래도 우린 기자 아닙니까. 객관적인 시각으로 사건의 본질을 파악해서 써야죠. 우리가 공적인 가치를 입증하면 이 척박한 곳에서 살아남을 수 있다고 봐요."

성이 말했다.

"공적인 가치. 그것이 중요하지."

성이 원하는 것은 바로 살아 있는 기자 정신이었다. 기자로서 인정을 받는 것이었다. 가끔 사무실에 욕망이 우글거리는 듯한 느낌이 들었다. 생존하기 위해 몸부림치는 기자와 취재원과 사람들의 욕망이 20평 남짓한 사무실에서 우글거리는 것 같았다. 인간은 누구나 생존하려는 본능이 있고 행복한 삶을 누리고 성공하려는 욕구를 가지고 있다. 사무실엔 인간 내면에 존재하는 욕구들, 먹고 마시고 자고 보호받고 싶은 욕구와 안전하고 싶은 욕구, 인정받고 싶은 욕구, 사회적 욕구, 존중의 욕구들이 둥둥 떠다니는 것 같았다. 잡지사는 그런 욕구를 다른 형태로 포장해서 분출시켜 주는 장소가 아닐까.

구가 원하는 것은 무엇일까. 그의 내면에는 어떤 욕구가 있을까. 여태 지켜본 바에 의하면 구는 광고라면 자다가도 벌떡 일어나는 형이다. 광고하다가 병원에 과로로 실려 갈지언정, 집안 행사에 불참할지언정 사람을 가리지 않고 돈 되는 일이면 접근했다. 잡지사를 운영하고 생존하려면 그래야겠지. 충분히 이해는 할 수 있었다. 이번 정 회장 인터뷰도 원래 계획에 없었던 일이다. 기업은 구 자신이 하겠다고 말했다. 그런데 어제 아침, 사무실에 들어서는 내게 정 회장 인터뷰를 인계했다. 어떤 방향으로 어떤 목적을 달성해야 하는지는 언급하지 않았다.

"왜 직접 하지 않아요?"

"그럴 만한 이유가 있어요."

나는 의아한 눈으로 그를 바라봤다. 또 무슨 술수를 부리는 것인가.

"할 거예요? 말 거예요?"

그가 물었다. 바로 대답하지 않자 구가 갑자기 목소리를 높였다.

"민 기자님! 그렇게 맹탕으로 살고 보니까 지금 어떻게 되어 있나요?"

그는 신랄한 어조로 말했다. 언젠가 술자리에서 그린워싱 사건을 아주 살짝 털어놓았는데, 그것을 툭하면 건드렸다. 파란만장한 삶을 살아온 그가 이해할 수 있을지도 모른다는 생각에서 털어놓은 말은 내 약점이 되었다.

그럼, 그때 그 난리도 다 광고 때문이네.

갑자기 다가온 깨달음이었다. 제보를 받았다면서 유튜버가 신제품을 그린워싱으로 몰고 가고 충분히 해명하고 사과했는데도 기자들이 거머리처럼 물고 늘어진 것은 결국 광고 때문인가. 회사를 조지면서 광고를 받아 낸다고 하더니. 유튜버들이 끊임없이 가짜뉴스를 생산한 것도 구독 수, 즉 돈 때문이었나. 긴 한숨을 내쉬었다.

4

칸막이 너머 구를 보았다. 그는 컴퓨터 화면을 바라보면서 자판을 두드리고 있었다. 교정을 해 달라며 프린트해서 준 기사는 소각장 기사였다. 기획 회의 때 소각장 기사를 보류하자고 하더니 그는 소각장이 있어야 한다는 취지로 기사를 썼다. 예전에도 이런 비슷한 일이 있었다. 그때 나는 그러면 안 되는 것 아니냐고 구에게 한마디 했다.

“그것도 말이라고 해요?”

그가 벌컥 화를 냈다.

“그런 말 하지 말고 광고도 좀 하세요.”

그는 목소리에 힘을 주어 말했다. 말문이 막히거나 코너에 몰리면 광고 타령을 했다. 광고의 광, 자란 말이 입에서 나오지 않는 나로선 그때마다 난감했다. 정주시에서 발간되는 신문과 정보지에 게재된 광고와 현수막과 전단을 참고로 해서 광고를 할 만한 업체에 전화를 걸 때 자꾸만 엉뚱한 말이 튀어나오고 두서없이 횡설수설했다. 언젠가 술자리에서 구에게 그런 말을 했더니 광고를 할 때 이번에는 광고를 꼭 하고야 말겠다는 간절한 마음을 깔고 한번 해 보라고, 그러면 자신도 모르게 떳떳하게 되고 당당하게 광고 얘기를 꺼낼 수 있다고 조언했다. 취재하면 광고가 따라오니 어쩌니 하면서 몰아붙이기도 했다.

"우리가 회사 사정을 모르는 것도 아니에요. 한다고 해도 안 되는 것을 어떻게 해요? 그렇게 닦달하면 광고가 됩니까? 대표님도 못 하는 광고를 우리보고 자꾸 채근하면 어쩌라고요. 기사 쓰지 말고 광고만 하라는 겁니까? 아니면 일 관두라는 말입니까?"

한 번은 말끝마다 광고 운운하는 그에게 소릴 지르고 나간 적도 있었다. 두어 번 그런 일이 있고 난 뒤 그는 자제하는 듯했다. 하지만 그는 언제 터질지 모르는 시한폭탄이었다.

문득 구가 아슬아슬하게 담벼락 위를 걸으면서 이쪽과 저쪽 세계를 들락거리는 것은 아닐까 하는 생각이 들었다. 선과 악의 경계선에 서 있는 것 같다. 구가 소각장 기사를 쉽게 쓴 것은 아닐 것이다. 몇 번이나 생각해서 총을 겨누었는지도 모른다. 기사는 총이었다. 그가 죽여야 할 것은 소각장임에도 주민들에게 따발총을 겨누고 있었다. 그래서 그가 얻는 것은 무엇인가.

기사를 꼼꼼하게 읽었다. 주민들의 말에 공감하는 듯하면서 소각장 입장을 은근히 제시하고 있었다. 은양에 공단이 몇 개 있는데, 거기서 나오는 폐기물을 어떻게 처리할 것인가, 인근 지역에까지 가면 운반비가 많이 든다, 은양에도 소각장이 있어야 한다 등등. 약간 걱정이 됐다. 다른 신문들은 주민들의 편인데 이런 기사를 내보내면 은양매거진을 뭐라고 생각할까. 하지만 그런 걸 알고 쓴 기사였다. 이러쿵저러쿵 해봤자 아무 소용이 없었다. 구와 소각장 사이에 뭔가가 오갔을 수도 있다. 모르는 척할 수밖에 없다. 자칫 잘못 건드렸다가 구에게 공격을 당할 수도 있다.

구는 누군가에게 공격을 당하면 바로 치고 들어가는 유형이었다. 물불을 가리지 않았다. 날카로운 이빨을 드러내고 으르렁거리면서 상대를 갈기갈기 찢어 버리는 데 수단과 방법을 가리지 않았다. 몇 번이나 그런 광경을 목격했다. 그런 순간 구는 들개였다. 황량한 벌판에서 먹잇감을 발견한 짐승처럼 사납게 덤벼들었다. 집요하게 물고 늘어졌다. 어떤 경우는 약자 편에 서서 목소리를 높였다. 그럴 때 그는 정의감에 불타는 기자였다. 가도 가도 끝없이 펼쳐진 사막 호수에서 고고하게 살고 있는 홍학처럼 외로워도 자기 소신을 피력하는 기자였다. 이쪽과 저쪽을 오가는 그가 아슬아슬해 보였다. 무슨 생각을 하면서 살고 있는지 알 수 없었다. 대체 어떤 인간인가. 가끔 그의 머릿속을 파헤치고 싶다는 욕망에 사로잡히곤 했다. 어떻게 보면 그는 그냥 생존하기 위해 사력을 다하는 인간이었다.

들썩이는 마음을 다독거리면서 기사를 읽었다.

"기사를 보니 소각장 편이네요."

나는 기어이 한마디 내뱉었다.

"소각장 말도 들어야죠."

구가 단호하게 말했다.

"그래도 이건…."

나는 말끝을 얼버무렸다. 구의 얼굴이 금세 벌겋게 달아올랐다. 계속 말하다간 무슨 일이 벌어질 것만 같았다.

이전에도 이런 일이 있었다. 그때도 나는 그러면 안 되는 것 아니냐고 구에게 말했다.

"그것도 말이라고 해요? 그런 말 하지 말고 광고나 해서 인쇄비나 보태세요."

그는 사무실이 떠나가라 고함을 질렀다.

“인쇄비가 없으면 잡지를 안 찍으면 되잖아요.”

나는 약간 늦더라도 광고를 해서 인쇄비가 마련되면 잡지를 발간하자는 회사 방침을 들먹거렸다. 인쇄소도 선금을 줘야 찍어 주었다. 며칠 날짜가 늦어져도 그래왔기 때문에 정의 월급도 인쇄비도 사무실 임대료도 밀리지 않고 그럭저럭 잡지를 발간하고 있었다. 그런데도 구는 툭하면 혼자서 이리 뛰고 저리 뛰면서 회사를 운영하는 것이 힘들다면서 은근히 부담을 주었다.

구의 눈이 충혈되고 얼굴이 사납게 일그러졌다. 심장이 바싹 오그라들었다. 폭력적인 상황이 될 수 있다는 데까지 생각이 미쳤다. 맞서 싸울 것인가. 피할 것인가. 절체절명의 순간을 앞둔 것처럼 비장해지는 느낌이었다. 나는 하던 일을 접고 사무실을 박차고 나왔다.

***

“그러니까 종잣돈을 모아야 한다 이거죠?”

구가 말했다.

"네."

나는 고개를 끄덕거렸다.

"대체, 얼마나 필요한데요?"

나는 잠시 머뭇거렸다. 선뜻 입이 떨어지지 않았다. 1억 원이라고 하면 뭐라고 할까.

"5천만 원요."

나는 반으로 줄였다.

"그래요? 그 정도면 충분히 벌 수 있어요."

구가 말했다.

"어떻게요? 저는 광고도 못 해서 수입도 없는데."

나는 그의 얼굴을 쳐다봤다.

"총이 있잖아요."

"총요?"

나는 그가 말하는 총이 무엇인지 알지만, 일부러 모르는 척했다.

"네. 총요. 왜 총을 쏘지 않아요? 그동안 대체 뭘 했나요?"

구는 약간 비난조로 말했다. 그의 어투가 그렇게 나올 때 조심을 했다.

"알기는 알지만."

나는 잠자코 커피잔을 만지작거렸다. 그 총이라는 것에 대해서 반발심을 가지고 있었다. 구는 총을 어떻게든 쏠 궁리만 하는 것 같았다. 그렇게까지 하면서 돈을 벌어야 하는 그의 상황을 이해는 했지만 수긍하기는 힘들었다. 총에 맞을 상대방을 생각하면 마음이 아팠다. 그런 방법이 아니라도 얼마든지 돈을 벌 수 있는 것 아닌가. 더 열심히 발로 뛰어다니면 될 텐데. 나는 돈은 정당한 방법으로 벌어야 한다고 생각했다. 잡지사 수입원은 광고와 사업과 구독이었다. 열심히 하면 얼마든지 수입 창출이 가능했다.

오늘 마음을 다잡고 구에게 돈 문제를 털어놓은 것은 구의 생각 때문이었다. 그는 내가 놀기 삼아 일하는 것으로 알고 있었다. 동래에 부모님이 물려준 집이 있고 회사 퇴직금도 두둑해서 아무런 걱정 없이 사는 부류라면서 그래서 악착같이 일하지 않는다고 말했다. 동래 집은 옛날집이라 자산적 가치는 얼마 안 되고 퇴직금은 생각한 것보다 적었다. 그런 내 상황을 일절 말하지 않는 것은 매일 사투를 벌이는 구에게 심리적인 부담을 주고 싶지 않아서다. 그런데도 돈 이야기를 하는 것은 수입 때문이다. 공동 취재한 광고는 반반 나누기도 하고 글을 써 주고 별도의 홍보비를 받기도 하는데, 한 달 수입은 생활비도 되지 않았다. 어떻게든 구와 협력하여 수입을 만들고 싶었다.

"언젠가 내가 천만 원 벌었다고 했잖아요. 그걸 어떻게 벌었겠어요?"

구가 말했다.

"어떻게요?"

"총을 쐈어요. 총을 쏘면 얼마든지 돈을 벌 수 있어요."

"네."

나는 일단 순순하게 대답은 했다.

"그러니 앞으론 내가 시키는 대로 하세요."

구의 목소리는 당당했다. 또 그 소리인가. 이상하게도 그 말을 들으면 충분히 상황을 인지하고 있음에도 반발심이 생겼다. 그 말을 들을 때마다 그런 현상이 일어났다.

"시키는 대로 하라고요? 뭘 하든 가만히 있으란 말입니까?"

나는 발칵 화를 냈다.

"민 기자가 일한 홍보실과 잡지사 기자는 다릅니다. 그런 면에서 민 기자는 초짜입니다. 그러니까 노련한 베테랑인 내 말을 들으라는 겁니다."

그가 말했다.

대체 내가 왜 초짜입니까. 홍보실에 근무하면서 기자들을 상대했어요. 그것은 뭐 거저먹는 일인 줄 알아요? 웬만한 것은 다 알고 있어요. 단지 말을 안 하고 있을 뿐이죠. 나는 입안에 맴도는 말을 간신히 삼켰다. 이런 식으로 말하다간 상담은 물거품이 될 것이다. 참자. 그러고 보니 한 번도 그의 말을 그냥 넘긴 적이 없었다. 시키는 대로 해라, 라는 말에 왜 그렇게 격분하는가. 온몸이 거부하는가. 그 말이 내 안에 있는 무엇인가를 건드리는 것 같았다. 그게 무엇이지? 트라우마가 있나? 아무리 생각해도 그 말에 즉각적으로 반응할 만한 일이 떠오르지 않았다.

"알았어요."

나는 고분고분하게 대답했다. 구의 표정이 당당해졌다. 이제야 자기 말이 내게 먹혀들어 간다고 생각하는 것일까. 사실은 그게 아니었다. 그가 무슨 말을 하든 가만히 있자, 얌전히 굴자, 무조건 그렇게 하겠다고 하자, 하면서 속에서 치밀어 오르는 감정을 눌렀다.

"민 기자님, 언론이 뭔지 알아요?"

구가 갑자기 물었다. 말투가 공격조다.

"왜 그런 말을 하죠?"

나는 바로 말을 받아쳤다. 괜히 돈 얘기를 꺼냈나 싶었다. 갑자기 주변 분위기가 살벌해졌다. 사무실엔 구와 나뿐이다. 구는 그동안 꾹꾹 눌러놓은 듯 말을 쏟아냈다.

“민 기자님은 일간지에서 기자 생활을 안 해서 잘 모르는데, 편집국장이 글을 안 실어 줄 때도 많아요.”

구는 그렇게 운을 떼면서 자신이 일간지에 근무할 때 경험을 늘어놓았다. 신문사에서 편집국장이 어느 정도의 위세를 가졌는지 어떤 위치인지 내가 아무것도 모르는 맹탕이라고 말했다.

“그래서요?”

나는 도발적으로 말했다. 내 반응이 뜻밖이었는지 그의 얼굴색이 순간적으로 붉게 달아올랐다. 순간 심장이 바싹 오그라들었다.

일촉즉발의 순간, 전화가 걸려 왔다. 비마트 이사장이었다. 은양의 협동조합에 대해 글을 쓰면서 알게 된 그와는 평소 친분을 잘 유지하고 있었다.

“민 기자님, 잘 지내시죠?”

그의 목소리에서 긴장감이 느껴졌다.

“네. 잘 지내시죠?”

나는 일부러 목소리를 한 옥타브 높였다. 그렇게 서로 몇 마디 안부를 묻고 난 뒤 본격적인 대화로 들어갔다. 그는 환경신문 신 기자를 잘 알고 있느냐고 물었다.

“네. 이웃사촌이라 가끔 봅니다만 무슨 일로 그러

시는지요."

나는 목소리를 낮추었다. 구의 표정이 의아하게 변했다. 휴대폰을 들고 복도로 나갔다. 비마트 이사장은 신 기자가 은양매거진과 어떤 관계인지 물었다.

"아무 관계도 없어요."

나는 분명하게 말했다. 환경신문 신 기자와는 정보를 공유하고 기삿거리가 있으면 주고받는 사이이지만 그 이상도 그 이하도 아니었다.

"며칠 전, 찾아와서 무슨 봉사활동을 하는데, 협찬을 부탁하더군요."

"아, 네."

나는 말을 아꼈다. 무슨 일인지 모르지만 그들의 일에 끼어들고 싶지 않았다. 비마트 이사장은 첫 광고주였다. 지난번 비마트에 방문했을 때 정주신문 김 기자가 찾아와서 가건물 운운한다면서 하소연을 했다. 정말 죽겠습니다. 그때만 해도 왜 가건물 운운했는지 알지 못했다. 하지만 이제는 안다. 비마트 이사장이 정말로 하고 싶은 말이 무엇인지. 신 기자가 가건물 운운하면서 이사장을 협박했는지도 모르겠다. 나는 화제를 돌렸다.

"요즘 다들 경기가 어렵다고 하던데, 장사는 잘됩니까?"

"정말 죽겠습니다. 이번에 직원을 줄였어요. 저도 현장에서 일하고 있고요."

그는 풀이 죽은 목소리로 말했다. 더는 신 기자 얘기를 꺼내지 않고 대신 현재 추진하고 있는 사회적 협동조합 기사를 좀 써 달라고 했다.

"네. 한 번 찾아갈게요."

전화를 끊고 사무실로 들어왔다. 구는 컴퓨터 화면만 뚫어지게 바라보면서 자판을 두드리고 있었다. 나는 믹스커피를 마시면서 머리를 굴렸다. 구와 대립하는 것보다 협력 관계를 맺는 것이 일하는 데 훨씬 수월하다. 수입 창출에도 그의 도움이 필요하고 쓰레기 산 기사도 그의 조력이 필요하다. 기사를 쓰더라도 구가 이런저런 핑계를 대면서 잡지에 게재하지 않으면 그뿐이다. 적으로 삼을 것이냐, 아군으로 만들 것이냐. 머리가 지끈거렸다. 구의 행동은 여태 살아온 내 방식과 달랐다. 이해는 하지만 동조하고 싶은 마음은 없다. 그렇다면 어떻게 해야 하나.

3부
욕망의 쓰레기

1

“일은 할 만해요?”

직원이 커피를 내오고 정 회장이 물었다.

“그럭저럭 하고 있습니다.”

나는 적당히 말을 얼버무렸다.

“회사가 좋네요. 사무실도 널찍하고 사진도 잘 나올 것 같습니다.”

나는 주위를 둘러보면서 말했다. 정 회장과 통화로 일정을 잡고 인터뷰와 사진촬영 장소를 몇 군데 염두에 두고 고심했는데, 정 회장이 회사 사무실에서 진행하자고 제안을 했다.

“그래요? 다행이네요.”

정 회장이 웃으면서 말했다.

“이번에 은양경제인연합회 회장으로 취임하셨는데 소감 한마디 해 주세요.”

나는 노트북을 열고 인터뷰를 진행했다. 의외로 사람들은 잡지에 자신에 관한 기사가 실리는 것, 이름이 실리는 것을 좋아했다. 대부분 기사를 스크랩해서 사무실 벽에 붙여 놓거나 밴드에 올리곤 했다. 은양공업인협회 강 회장도 그랬고 은양발전협의회 한 회장도 그랬다. 특히 강 회장은 글을 써 줘서 고맙다면서 근사한 식당에서 밥도 사 주고 금액이 큰 광고도 선뜻 해 준 인물이다. 기계를 만져서 그럴까, 제조업체 사람들이 그래도 순정한 면이 있었다.

정 회장은 시종일관 차분하게 자기 소신을 피력했다. 교육에 특별히 관심을 가져 지난 18년 동안 중, 고등학교에 장학금을 후원하고 있다면서 입을 연 그는 줄줄 말을 이어 갔다. 지역에 좋은 기업이 있어야 한다. 은양에는 자동차와 중공업, 대기업 하청기업들이 많다. 대기업 하청이든 뭐든 환경이 좋아야 한다. 물과 관련이 있다. 하수종말처리장이 있어야 큰 공장도 들어올 수 있고 제대로 된 산업단지도 들어올 수 있다. 그리고 이 지역엔 고령자가 많고 일터에 가는 젊은 사람들이 없다. 기업체에 젊은 사람들이 공급돼야 하는데, 없다. 그들이 다닐 만한 자리가 있는데 중소기업은 구인난을 겪는다. 대졸 초임 3,000만 원 이상을 줄 수 있어야 인재들이 들어온다. 무엇보다 교통환경이 개선돼야 한다. 지하철이 다녀야 한다. 기업체들이 전부 다 통근버스를 운영한다. 교통환경이 기업환경과 같이 간다. 통근버스가 사고가 나면 산재가 된다. 기업에선 엄청난 리스크가 된다. 대기업, 중소기업, 소기업 역할이 있다. 너무 격차가 크다. 정치인들은 남녀가 임금을 똑같이 받는다는 공약을 내걸고 있지만 믿을 수 없다. 우리 지역은 지하철이 들어와야 인력을 공급할 수 있고 이주해서 정주할 수 있다. 인구 10만 은양이 아닌가. 사통팔달 지역이 된다. 은양은 정주시의 3분의 1이다. 유권자가 7만이다. 연세 드신 분이 굉장히 많다. 기업이 계속 들어오고 있다. 다녀 보니까 학군도 좋다. 교통도 좋네. 집도 싸네. 자동적으로 선순환적으로. 교육환경이 받쳐 주고 교통이 받쳐 주면 청년들 실업 문제도 해결되고 은양도 발전한다. 문제는 청년들 마인드다. 대기업만 바라보고 있다. 중소기업에 취직하면 나중에 부장도 되고 이사도 되고 사장도 될 수 있다. 2030 직업이 없다고 한다. 대학을 나왔는데 제조공장은 다니고 싶지 않고 취업을 해도 힘들다고 하면 부모들이 그만두라고 한다. 부모들은 아이들 미래를 평생 돌봐 줄 수가 없다. 그러므로 자립심을 키워 주고 인내를 할 수 있도록 해야 한다. 생각을 바꿀 필요가 있다. 중소기업은 비정규직이 아니고 정규직이다. 하나의 도시가 되려면 첫 번째, 교육환경이고 두 번째, 교통, 마지막으로 벌어

먹고 살 수 있는 괜찮은 기업이 많아야 한다. 그러면 자연스럽게 정주하게 되고 자연스럽게 문화도시가 된다. 지자체 단체장들은 그런 것들을 고민해야 한다. 현실적으로 5인 이상 50인 이하의 기업이 제일 어려움이 많다. 노동법이 강하다. 그러다 보니 잘 지키고 간다고 해도 놓치는 부분이 있다. 그런 부분에 전문가를 모시고 리스크가 안 생기게 하는 것이 경제인의 역할이라고 본다. 그런 리스크를 줄여 가며 발전하는 데에 멘토가 돼야 한다. 그것이 목적이다. 회원들이 부자가 돼야 한다. 그 단체에 들어가 도움이 되더라, 배울 게 있더라라는 말을 들어야 한다. 미력하나마 해보고자 하는 역할이다. 고사했지만 회장이 됐으니까 남은 일은 봉사하는 것이다. 소통이 중요하다. 구성원이 모여 지역사회가 된다. 내가 지역사회의 조그마한 구성원이 될 때 보람을 느낀다. 지역사회에서 두각을 나타내기보다는 밑에서 빛과 소금이 됐으면 한다.

나는 정 회장의 말을 두서없이 노트북으로 옮겨 적었다. 정 회장은 질문할 틈도 주지 않고 평소 자신의 생각을 가감 없이 드러냈다.

인터뷰가 끝나고 커피를 마시면서 주변 돌아가는 얘기를 했다.

"삼일건기 허이재 사장과 동문이라면서요. 잘 아시

겠네요."

나는 기회를 틈타서 입안에 맴돌고 있던 말을 꺼냈다. 정 회장 인터뷰를 군소리 없이 맡은 것도 내심 속셈이 있었다.

"그야 너무 잘 알고 있죠. 형, 동생 하면서 한동네에서 자랐으니까요."

정 회장은 사람 좋은 미소를 지었다.

"그러세요? 허이재 사장은 어떤 분이세요?"

"그 시절 다 비슷했지만 고생 많이 했죠. 6·25 전쟁 때 아버지가 돌아가시고 이어 어머니도 돌아가시는 바람에 형님 집에 살면서 고생 많이 했어요. 지금은 성공했죠. 사회에 기부도 많이 하고요."

허이재에 대한 정 회장의 태도는 우호적이었다. 예측은 틀리지 않았다. 은양에서 좀 한다는 사람들은 대부분 거대한 쓰레기 산을 쌓고 있는 허이재를 옹호하고 있었다. 정 회장은 은양에 매거진이 있어서 다행이라면서 100만 원짜리 광고를 하나 내 달라면서 화제를 돌렸다. 미리 생각을 해 둔 듯 이미지 광고를 원하면서 광고에 들어갈 문구까지 언급했다. 그 순간 언뜻 스쳐 간 생각 하나, 정 회장은 내가 쓰레기 산을 취재하고 있다는 걸 알고 있을 테고 인터뷰하러 왔을 때 물어볼 것을 짐작했을 것이고 아예 말을 꺼내지 못하도록 연막을 치고 있다는 것.

사무실 건물을 나온 나는 마당에 서서 주변을 둘러보았다. 얼마 전에 완공한 공단에 입주한 회사는 제법 컸다. 건물이 몇 동이나 되었다. 저 건물은 뭐예요? 사무실에서 따라 나온 정 회장에게 물었다. 일정한 크기의 건물과 약간 떨어진 곳에 있는 작은 건물을 가리키며 물었다.

"아, 저거요? 직원들 숙소예요."

"숙소라면 외국인 노동자들 말하는 건가요?"

"네. 우린 숙식을 제공하고 있어요."

정 회장이 명료하게 말했다. 나는 더 이상 묻지 않고 회사를 빠져나왔다.

점심을 거른 배 속에서 꾸르륵 소리가 났다. 식당마다 기웃거렸다. 딱히 입맛이 당기는 것이 없었다. 공사 중인 건물들이 눈에 들어왔다. 영화관이 들어선다고 했나. 그런데 벌써 팔려고 내놨다는 소문도 돌았다. 은행과 의류점, 식당 등이 입점해 있는 거리는 한적했다. 재래시장까지 걸어갔다. 아무래도 시장에 가면 먹을거리가 많았고 자투리 시간이 나면 시장을 돌아다니는 습성 때문이기도 했다.

"정 회장한테 광고를 받았어요."

구에게 전화를 걸어서 광고 얘기를 했다.

"뭐요. 광고를 받았다고요? 얼마요?"

"100만 원요."

"거긴 적어도 200만 원짜리예요. 대체 왜 시키지도 않은 짓을 합니까?"

구가 대뜸 소릴 질렀다.

"아니, 내가 인터뷰만 하라고 신신당부했잖아요. 광고는 내가 핸들링한다고."

"그게 아니라 정 회장이 먼저 광고 말을 꺼내서…."

나는 조심스럽게 운을 뗐다.

"그렇다고 덥석 받아요? 회사 광고부로 넘긴다고 해야지. 그게 프로다운 행동이잖아요."

구의 목소리가 날카로운 칼날이 되어 고막을 마구 찔렀다. 안 그래도 광고가 안 돼서 걱정하고 있던 터라 내 딴에는 기쁜 소식이라고 전해 줬는데, 돌아오는 것은 그의 분노였다.

"기자가 돼서 그렇게 일 처리하면 어떡합니까? 이제부터 내가 광고할 테니 뒤로 물러서세요."

그의 목소리가 귓속을 후벼 팠다. 광고 얘기만 하면 펄펄 뛰는 구였다. 어떤 경우는 '광고'의 '광' 자도 못 꺼내게 했다. 기사만 쓰라고 했다. 광고도 해야 늘죠. 가끔은 대들지만 대부분 그가 원하는 대로 해 주었다. 복잡한 인간이었다. 머릿속에서 무슨 생각을 하는지 알 수 없을 때가 많았다. 적인지 동지인지 헛갈렸다. 분명한 것은 자신의 영역을 침해하는 것을 견제하고 방어했다. 한 발자국이라도 들어가면 먹잇감을 빼앗긴 짐승처럼 즉각적으로 반응했다.

나는 말없이 전화를 끊어 버렸다. 듣고 있다간 무슨 소리까지 나올지 알 수 없었다. 구가 몇 번이나 전화를 걸어 왔지만 받지 않았다. 벨 소리를 죽인 뒤 종이상자를 실은 유모차를 밀고 가는 할머니가 건너편 도로를 지나갈 때까지 바라보다가 근처 은행에 들어가서 화장실로 직행했다. 두더지 게임기의 두더지가 된 느낌이었다. 밖으로 나가려고 고개를 내밀면 망치로 얻어맞는 두더지.

며칠 전에도 구가 맛집 기사를 들먹거렸다. 처음 개업할 때는 돈을 많이 푼다면서 개업 식당을 찾아다니라고 했다.

“맨날 맛집 기사나 쓰라고 하고.”

나도 모르게 불쑥 말을 내뱉었다. 맛집 기사나 쓰려고 일하는 것은 아니었다. 그런 말을 할 때 구는 광고를 찾아 헤매는 들개를 연상케 했다. 그는 광고를 위해선 무슨 짓이든 할 것처럼 굴었다. 다른 사람의 말은 일절 신경을 쓰지 않았다. 누가 그런 그에게 사

기꾼이니 협잡꾼이니 해도 눈 하나 깜짝하지 않았다. 그는 광고 말고 다른 것에는 아무런 관심이 없는 것처럼 굴었다.

"정말 본인이 기자라고 생각하세요?"

구가 바로 치고 들어왔다.

"그럼, 아닌가요?"

나는 그를 쏘아봤다.

"그럼, 까는 기사 쓸래요? 쓸 수 있어요?"

"쓸 수 있어요."

아니, 사람을 뭐로 보고. 나는 속으로 중얼거렸다.

"그럼, 써 봐요. 안 쓰잖아요."

그가 말했다.

"그거야 기획 기사나 인터뷰 기사를 쓰니까 그렇죠."

나는 말을 얼버무렸다. 몇 번이나 취재한다고 했지만 얼렁뚱땅 넘어갔던 기사를 그는 잊지 않았다.

"내 말이 틀렸나요? 아닌가요?"

구는 내 얼굴을 빤히 쳐다봤다. 개새끼! 욕설이 목구멍에서 스멀거렸다. 따지고 보면 그의 말이 맞다. 남이 잘못했거나 실수한 일을 찾아서 까발리는 기사는 부담스러웠다. 하지만 못 쓰는 것과 안 쓰는 것, 아예 제끼는 것은 엄연히 다르다. 아쉬우면 자신이 섭외한 유명인사의 인터뷰를 부탁하면서 말을 좀 가려 가면서 하면 안 되나. 같은 말이라도 이왕이면 다홍치마라고 좋게 말하면 뭐가 덧나나. 속이 부글부글 끓었다.

"기자라면 까는 기사도 써야죠. 사실 그런 기사는 쓰기 어려워요."

그가 선심 쓴다는 듯한 표정으로 말했다.

나는 입을 다물었다.

"아무튼 맛집 기사 쓰기 싫으면 관두세요. 내가 가서 취재하고 광고할게요."

구가 말했다.

"그냥 제가 할게요."

나는 얼른 말했다. 그가 웃었다. 혹시 그에게 낚인 건가. 내 행동을 예측하고 일부러 그런 말을 한 것인가.

'사는 게 그렇게 각박하세요?'라는 말이 혓바닥에서 맴돌았다. 하지만 이 말을 입 밖으로 꺼낸 적이 없다. 무슨 생각을 하는지 알 수 없는 눈빛을 보면 뭔가 있다는 느낌이 종종 들었다. 그의 내면에서 꿈틀거리고 있는 것은 무엇인지 곰곰이 생각해 본 적이 있었다. 그게 무엇이든 하루아침에 생긴 것은 아니리라. 그가 술에 취하면 자랑삼아서 하는 말이 있다. 기업 비리 기사를 막는 편집국장과 한바탕 싸우고 회사를 나온 뒤 사업을 시작했고 몇 년 만에 부도가 나면서 인생 밑바닥 경험을 했다는 것. 인생의 바닥까지 내려갔다가 치고 올라왔다는 것. 그래서 웬만하면 눈 하나 깜짝하지 않는다는 것. 더 이상 잃어버릴 게 없으니까 무슨 짓을 해도 두렵지 않다는 것.

나는 아직 그를 알지 못한다. 그의 말이나 행동 이면에 있는 것을 꿰뚫어 보지 못한다. 길고 긴 터널처럼 속에 무엇이 있는지 알 수 없다. 인간성, 성실 같은 단어들이 그에게 통하지 않는다는 것쯤은 안다. 아름다운 관계란 애초부터 꿈꾸지 않는 편이 좋다.

수첩을 뒤적거렸다. 차를 타고 다니면서 개업한 식당을 찾아다니기엔 시간이 촉박했고 번거로웠다. 손쉽게 광고하는 법. 나는 광고를 한 식당과 상가를 쭉 훑어보면서 광고를 할 만한 곳을 물색했다.

낯선 번호의 전화가 걸려 왔다. 받지 않으려고 하다가 통화버튼을 누르자 탁 끊어졌다. 누구일까. 궁금증은 금세 사라졌다. 돈을 대출받으라는 둥 요즘 이런 전화가 자주 걸려 왔다. 화장을 고친 뒤 밖으로 나갔다. 점심 생각이 싹 사라졌다. 허기감도 사라지고 없었다. 그렇다고 사무실에는 들어가고 싶지 않았다. 무작정 걸음을 옮겼다. 음식점과 마트, 은행, 커피숍을 지나간다. 가게도 고만고만하게 소박하다. 얼굴을 들어 맞은편 건물을 바라보니 서점이다. 유리창에 붙여진 포스터는 요즘 한창 뜨고 있는 모 회사 제품이다. 한때 모 회사 광고에 경쟁심을 가지고 밤낮으로 일하기도 했다. 맹목적으로 추구했던 세계였다. 다른 세계는 돌아보지도 않았다. 친숙하고 익숙했던 그 세계가 나와 거리가 먼 세계처럼 너무나 낯설게 느껴졌다. 스르르, 내가 걸어왔던 문이 닫히는 소리가 들려왔다. 슬프거나 가슴이 미어지지 않는다. 한쪽 문이 닫히면 또 다른 문이 있을 터. 또 다른 세계가 있을 터, 너무 오래 한 세계에 머물지 않았나 하는 생각마저 들었다. 영화 〈템플 그랜딘〉의 문이 떠올랐다. 자폐장애인인 그녀에게 문은 두려움의 대상이었지만 또 다른 세계로 나아가는 시작이었다.

강해져야 한다.

나는 마음을 단단히 먹었다. 지금 내가 할 일은 쓰레기 산을 없애는 것. 시간이 부족했다. 구는 정 회장 인터뷰 기사를 은양매거진 인터넷에 먼저 게재할 것이니 다른 일을 제쳐 놓고 그것부터 먼저 해 달라고 말했다. 잡지에 게재할 때 지면을 줄이더라도 인터넷에 올릴 글은 분량을 평소보다 두 배 늘이라고 말했다. 큰 덩어리를 쳐내고 재구성해서 글의 배치를 바꾸고 기획의도에 맞게 글을 쓰는 데 적어도 이틀은 잡아야 했다. 인터뷰, 탐방, 맛집 기사 등 긴 글에 많이 숙달되었지만 그래도 쓸 때마다 새로운 시각으로 접근해서 다르게 쓸 수 있을까 고민했다. 정 회장 인터뷰 방향도 아직 손에 잡히지 않았다. 정 회장이 무심코 내뱉은 말 중에서 의미 있는 것을 찾는다. 사실, 이렇게 되기까지도 시간이 좀 걸렸다. 다양한 부류의 사람들을 만나는 것은 그들이 사는 세계를 탐색하는 재미를 주었지만 가끔은 왜 이런 일을 하나, 하고 자괴심에 사로잡힐 때도 있었다. 너희 같은 잡지에 시간을 내줄 마음이 없어. 섭외 단계에서 지역 잡지를 상대하고 싶지 않다면서 사람을 이상하게 취급하거나 인터뷰하고 글을 써 주면 이렇게 저렇게 고쳐 달라고 트집을 잡거나 사진을 몇 번이나 찍어야 할 때였다. 궁리 끝에 생각의 각도를 바꾸었다. 상대의 상황에서 생각해 보자. 이왕이면 글을 정성껏 써 줘서 상대가 잘되게 하자. 맛집이면 한 명의 손님이라도 찾아가게 만들자. 그렇게 생각을 바꾸는 훈련을 했고 어느 순간 그 어떤 상황도 느슨하게 받아들여졌다.

구에게서 전화가 걸려 왔다.

“어떻게 된 겁니까?

구의 목소리가 쨍쨍하게 울렸다. 휴대폰에다 소릴 지르는 것 같다.

“광고는 정 회장이 먼저 이야기를 꺼내면서 금액 제시를 했다고 아까 말했잖아요.”

“아니, 내가 지금 그런 말을 하라는 건 아니잖아요.”

“그럼, 뭔데요?”

“허이재에 관해 물어봤다면서요. 정 회장은 허이재와 둘도 없는 친구예요. 허이재 귀에 그 말이 들어가면 어떻게 나올지 알 수 없어요.”

“뭐 물어본 것도 없어요. 이미 제가 쓰레기 산 취재한다는 걸 알고 있는 것 같았고.”

“그렇게 대놓고 물으면 정보를 알려줄 것 같나요? 기술적으로 해야죠.”

구가 내 목덜미를 물고 늘어지기 시작했다. ‘내가 몇 번이나 물어봐도 정보를 안 주잖아요, 혹시 그들과 한통속입니까?’라는 말이 입안에 맴돌았다. 삐죽삐죽, 삐져나오는 말을 밀어 넣었다. 그 말을 꺼내는 순간 어떤 불상사가 생길지 예측할 수 없었다.

지금 그가 화 내는 이유를 정확히 알 수 없었다. 광고비 때문인가, 내가 광고를 했기 때문인가. 허이재 얘기는 왜 들먹거리는 것인가. 쓰레기 산에 관해서 쓰지 말라는 것인가. 대체 뭔가.

2

은양에 아스콘 회사가 들어선다는 말에 주민들이 들고일어났다. 아스콘보다 어쩌면 더 무서운 것이 쓰레기 산이다. 그런데도 그들은 쓰레기 산은 건들지 않았다.

"아스콘 회사가 들어서는 것은 저렇게 반대를 하면서 쓰레기 산은 왜 그냥 두는지 모르겠네요."

나는 도무지 알 수 없다는 듯이 말했다.

"폐기물 산은 합법이라고 하니."

구가 말했다.

"합법이라고 쓰레기 산을 만들게 놔둔다고요? 그것이 말이 된다고 생각해요?"

"건드렸다가 고소를 당할 수 있으니까요."

구가 말했다.

"그래도 아닌 것은 아닌 거죠."

나는 불만스럽게 말했다.

"그래도 기사는 그렇게 쓰면 안 돼요."

"왜요? 언론이 제대로 역할을 하려면 죽이 되든 밥

이 되든 일단 부딪쳐 봐야죠. 그게 기자 의무가 아닌가요?"

나는 열심히 말했다.

"그 일이 그렇게 간단한 줄 알아요? 기사는 사실에 근거해서 써야 해요."

"그건 당연하죠. 그래도 아닌 것은 아닌 거죠. 쓸 것은 써야죠."

"암튼 알아서 하세요."

갑자기 구가 꼬리를 내렸다. 의외의 행동이었다. 숨은 의도가 있지 않나 의혹이 생길 정도였다. 아무튼 구의 말에 의하면 쓰레기 산 기사도 자칫하면 고소를 당할 수 있다는 것이었다. 생각지도 못한 문제였다. 일어날 수 있는 최악의 상황을 떠올렸다. 어떻든 달리 방법이 없었다. 아직 일어나지 않은 일을 걱정하고 싶지 않았다. 무슨 일이 생기면 그때 가서 대비책을 마련하면 될 터였다.

한이 알려 준 시의원에게 전화를 걸었다. 그는 시의회 회의 때 쓰레기 산 관리 부분에 대해서 언급했고 그것이 지난 6월에 조처되었다고 했다. 그 관리 부분이 무엇이냐고 물었다.

"몇 달 지나서 잘 기억이 나지 않는데, 허가과에 물어보면 알 수 있어요."

시의원은 그 문제에 대해서 별로 말하고 싶지 않다는 투로 말했다.

"알았습니다. 감사합니다."

나는 전화를 끊고 허가과에 전화를 걸었다. 삼일건기에 대해서 말하자 지금 담당자가 자리에 없다고 연락을 주겠다고 직원이 말했다. 그럼, 꼭 연락해 달라고 하세요. 나는 부탁을 하고 전화를 끊었다. 다음 날 아침 허가과 직원에게서 연락이 왔다.

허가과는 2층으로 올라가는 계단 바로 정면에 있었다. 담당자는 친절하게 자리를 내주며 성의껏 말을 들어 주고 설명을 해 주었다. 시의원이 거론한 관리 부분은 두 가지로 소각과 부지 문제였다. 허가과는 소각만 취급해서 실사를 나갔다. 마침 현장에서 소각하는 것을 잡았는데, 삼일건기가 아니라 다른 업체였다는 것이었다. 다른 업체가 삼일건기에서 소각하고 있었다는 것이다. 나는 그 업체에 대한 조치 결과를 달라고 했다. 담당자는 흔쾌히 복사해 주었다. 부지 문제는 시 도시정비과에서 한다면서 담당자 이름을 알려 주었다.

시청 건물 1층 커피점에서 아메리카노와 쿠키를 주문했다. 머리도 복잡하고 배도 고팠다. 커피를 마시면서 생각을 정리하고는 도시정비과에 전화를 걸었다. 담당자는 오후에는 반차를 냈다면서 오전에 사무실에 있겠다고 말했다.

"몇 시까지 올 수 있나요?"

담당자가 물었다.

"10분 뒤쯤요."

"알았습니다."

담당자는 선선하게 대답했다.

도시정비과는 본관과 떨어진 건물 3층에 있었다. 취재한 결과 삼일건기는 18년 전에 부지조성으로 허가를 신청했고 받았다. 13만 미터 면적이고 높이는 FH185인데 현재 5미터 높아져 있었다. 지도를 보니 산의 4분의 3 높이였다. 시의원이 지적한 것은 석축 문제였다.

"2년 전에 시행을 촉구했으나 아직 되지 않고 있어요. 그래서 앞으로 한 번 더 경고할 예정입니다."

담당자가 말했다.

"허가과에서 고발했다고 하던데요."

나는 물었다.

"고발은 할 수가 없어요. 아직 준공허가가 나지 않았어요."

"아니, 18년 동안이나 영업을 하고 있는데, 아직 준

공허가가 나지 않았단 말인가요?"

"네. 준공허가는 업주가 신청해야 해요."

"그럼, 아직 신청을 안 했단 말인가요. 그 이유가 무엇인가요?"

"아마도 부지조성이 조건에 맞지 않거나 해서 그런 것 같은데. 원래 높이보다 현재 5미터 높아져 있어요."

담당자가 말했다. 그가 보여 준 도면을 보니 쓰레기 산은 바로 옆산의 4분의 3 정도 높이였다. 건설폐기물 쪽은 잘 모르는 분야였다. 일일이 확인하면서 질문했다. 어느 사이 사무실엔 아무도 없었다. 담당자와 둘만 남았다. 시간을 보니 점심시간이다. 나는 자료를 좀 보내 줄 수 있냐고 물었다.

"내부 자료로 공개할 수 없어요."

담당자가 완고한 어투로 말했다. 거북 등껍질을 뒤집어쓴 듯 딱딱한 얼굴빛이었다. 자기 영역을 지키려고 안간힘을 쓰는 것 같았다. 자기 세계를 지키기 위해 사투를 벌이는 사람들. 나도 그러지 않았을까. 경계를 그어 놓고 누군가 넘어오는 것을 방어하지 않았을까. 어떻게 보면 구도 성도 자신의 영역에 누군가 발을 들이대는 것을 극도로 경계하고 사투를 벌이는 유형이었다.

기사 마감이 얼마 남지 않았다. 주위엔 마우스를 클릭하는 소리뿐이다. 외국인 노동자 실태 기사를 쓰겠다고 큰소리를 탕탕 쳤지만 아무리 생각해도 시간이 부족했다. 고메스를 한 번 더 만나서 취재를 했지만 두어 명 더 취재해서 보충해야 그림이 나올 것 같았다. 일단 다음 호로 보류하고 건축폐기물 기사 분량을 늘이기로 했다. 12페이지 분량을 20페이지로 늘이면 내가 맡은 지면의 변동은 없을 것이다. 쓰레기 산을 어떤 방식으로 써야 가장 효과적일까. 머리를 굴렸다. 구의 말대로 건더기를 가지고 쓰는 게 접근이 쉬웠다. 그리하여 허이재의 부지확보 승인을 거론하면서 18년간 쓰레기 산이 만들어진 과정을 쓰기로 방향을 정했다. 그리고 건축폐기물 독소가 공기 오염뿐만 아니라 2차 오염까지 일으킨다는 사실을 언급하기로 했다. 그동안 취재한 자료들을 차근차근 훑어보았다. 자본주의가 쓰레기를 만든다는 글이 눈에 들어왔다. 내용은 소비 문명이 쓰레기를 양산하고, 태평양에 생긴 플라스틱 섬이 한반도 면적의 7배나 될 정도로 어마어마하게 크다는 것이었다. 땅과 물, 공기를 오염시키는 쓰레기가 결국은 형태나 성분은 바뀔망정 다시 우리에게로 돌아온다는 말이 눈길을 끌었다.

쓰레기 산

나는 노트 맨 첫 페이지에다 굵은 수성펜으로 적었다. 쓰레기 산도 결국은 인간의 욕망이 만들어 낸 것이었다. 한 개인의 욕망이 은양사람의 묵인하에 거대한 쓰레기 산을 만든 것. 허이재는 돈을 벌 욕심으로 쓰레기 산을 쌓았고 자신의 행동이 은양사람에게 어떤 영향을 끼치는지, 자연에 어떤 피해를 주는지 굳이 알려고 하지 않았을 것이다. 그런데 누구나 내면에 욕망이 내재되어 있지 않은가. 따지고 보면 나 또한 마찬가지지였다. 친환경적인 제품이라는 진영의 말을 100% 믿은 것은 아니었다. 그런데도 그것을 무시한 것은 내 안의 욕망 때문이 아니었던가. 아니면 무지 때문인가. '무지도 죄다'라는 입바른 동료의 말은 오랫동안 머릿속에서 사라지지 않았다. 그가 말하고 싶었던 것은 무엇일까. 지금까지 일어난 대규모의 참사들을 보면 인간의 무지로 일어난 것이 많다. 어떤 면에서 자연재해는 인간의 무지가 남긴 것이었다. 눈앞에 보이지 않고 내 주변에서 일어나지 않아서 경험할 수 없는 재난. 상상할 수는 있지만 단지 그 정도 선이다. 무언가 일어날 수 있다는 정도의 스쳐 간 개념은 있지만 그건 그저 지나가는 개념일 뿐이었다. 아니면 마케팅에 성공해서 승진하고 싶다는 욕망 때문에 자연 이미지 운운하면서 홍보한 것인가. 아니라고? 지리산의 경험에서 자연 이미지를 추출했다고? 정말 그런가. 잘 모르겠다.

욕망

붉은 펜으로 적어 본다. 쓰레기는 개인 욕망이 만들어 낸 것이다. 주변 사람들을 살펴보자. 각자 추구하는 욕망이 다르지만 어떤 방식으로든 분출하면서 살고 있다. 거침없이 발산하거나 갈무리하거나 포장하거나 꼭꼭 숨기거나 하면서 욕망을 드러내고 있다. 아무리 숨기고 있어도 그들의 욕망은 자연스럽게 드러난다. 욕망을 마음껏 발산해도 소진하지는 못한다. 그것은 찌꺼기가 되어 사람들의 내면에 남는다. 그것을 없애지 않으면 쌓여 가겠지. 나중에 쓰레기 산이 되지 말라는 법은 어디 있는가. 욕망이 있는 한 쓰레기는 생기게 마련인 것 같다. 건축폐기물도 생길 때마다 처리했으면 산이 되지 않았을 것이다. 돈에 대한 욕망이 거대한 쓰레기 산을 만든 것이고 그것이 지금 은양의 흉물이 되어 있다. 허이재가 시가 허용한 부지를 초과해서 계속 산을 만든 것은 돈 때문이리라. 하지만 그것이 환경을 저해한다면 그만둘 수 있는 일이 아닌가. '그만둔다'에서 생각이 멈춘다. 나는 자연 이미지 마케팅을 하면서도 음료가 담긴 페트병에 대해서 정말로 아무런 생각도 없었던가. 주변을 돌아보지 않고 오로지 일에 몰두한 진짜 이유는 무엇인가.

돌이켜 보면 내 감정에 솔직하지 않았다. 오히려 구가 솔직하게 자신의 인생을 사는 것인지도 몰랐다. 그는 거짓으로 위장은 하지 않았다. 매일 전사처럼 투쟁하면서 살고 있다. 몸으로 자신의 삶을 살아가고 있다. 몸으로 인생을 기록하고 있다. 삶이 때때로 그를 억압하고 들개나 여우의 모습으로 살아가게 하지만 그의 정신은 살아서 번뜩였다. 백 주필도 성도 손도 기자 정신이 살아 있다. 그것이 매거진을 하게 만드는 것 같다. 그들이 왜 신문에서 매거진으로 갈아타면서까지 언론을 못 떠나는지, 왜 다른 일을 찾지 못하는지 조금 알 것 같았다.

어쩌면 내가 넘어야 하는 거대한 산은 구가 아니라 바로 나인지도 몰랐다. 제거해야 하는 것은 쓰레기가 아니라 내 안의 검은 응어리인지도 몰랐다. 아마도 그것이 전부가 아니리라. 내가 극복해야 하는 더 큰 것이 내 안에 있을지도 모른다는 이 생각은? 나의 본

성에 내재해 있는 또 다른 나를 찾아내야 하리라. 그래야 이 쓰레기 산 기사를 무사히 잡지에 게재할 수 있으리라.

구가 잡지 편집이 걱정이라고 투덜거렸다. 시간이 빠듯하니까 글을 완성하는 대로 웹하드에 올리라고 말했다. 표지는 외주를 주더라도 정이 한꺼번에 편집하려면 힘들다는 것이다. 구는 정의 말이라면 사족을 못 쓴다. 그런 그의 행동이 불편하지만, 앞날이 창창한 정이 경력을 쌓아서 제대로 된 직장을 잡으면 다행이라는 생각에 감수하고 있다. 정은 은양매거진에서 일을 배운 뒤 기업 홍보실이나 대선 캠프에 가는 게 목표다. 구가 그것을 도와주겠다고 약속을 하고 디자이너의 일을 맡겼다. 그런 상황이라 정에게 조심했다. 조금이라도 불만을 드러내면 구가 가만히 있지 않으니까 시끄러워서 내버려두는 것도 있지만 디자이너인 정이 관두면 잡지 발간이 마비될 게 뻔했다. 어쨌든 나도 구에게 일을 배워야 하는 상황이다. 치고 빠지는 법, 취재하는 법, 광고하는 법 등등. 그런 마음과 달리 행동은 반대였다. 사사건건 그와 부딪쳤다.

몸에 열이 났다. 손바닥으로 얼굴을 감쌌다. 가라

앉지 않으면 어떻게 되는 거지. 아직 열이 나서 어찌 되었다는 소리는 듣질 못했으니까 괜찮겠지. 마음 한 구석에서 뭔가 스멀거렸다. 불안감이다. 이런 일로 불안해할 건 없어. 애써 마음을 진정시켰다. 불안은 일상의 균형을 깨뜨리고 오늘 하루를 망칠 것이다. 불안과 걱정으로 밤새워 잠을 이루지 못할 때 터득한 것이다. 불안은 문제 해결에 아무런 도움이 되지 않는다. 오히려 살아가는 것을 더욱더 힘들게 할 뿐이다. 지금 하는 일에 최선을 다하고 기다리자. 중요한 것은 바로 이 순간이다. 그동안 후회하고 반성하고 나름대로 바로잡으려고 애를 써 왔다. 하지만 오히려 점점 수렁 속으로 빠져드는 느낌이었다. 진흙탕 속에서 뒹구는 것 같았다. 견딜 수 없는 감정이 미친 듯이 밀려왔다. 머릿속에서 팡, 폭탄이 터져서 뇌가 산산조각이 날 것만 같았다. 지금 일어나는 일이 비현실적인 세계에서 벌어지고 일어나는 일인 것 같았다.

왜 이러지.

지금까지의 일을 하나하나 추적했다. 현재 내 상황은 태풍 오기 직전의 정적처럼 조용하다. 오래된 장면을 기억나는 대로 꺼냈다. 뭔가 꼬투리가 있을 것이다. 아무런 이유 없이 이러진 않을 테니까. 사무실을 둘러보았다. 구도 백 주필도 성도 손도 열심히 자판을 두드리고 있다. 오늘따라 아무도 입을 열지 않았다. 가끔 백 주필이 큼큼, 기침했다.

뼈마디가 쑤시고 몸이 으슬으슬 떨리기까지 했다. 요즘 술자리가 거의 매일 벌어졌다. 구와 성은 바로 퇴근하지 않았다. 포장마차에서 가볍게 소주 한두 잔을 했다. 나는 동참하거나 빠지거나 했다. 그 때문인가. 회사 근처 내과로 갔다.

"술을 많이 마시면 위험한 일이 벌어질 수도 있어요."

그간 술 마신 얘기를 하면서 몸 상태를 말하는 내게 의사가 말했다.

"위험한 일이라뇨?"

나는 놀라서 물었다.

"알코올성 치매를 불러일으킬 수도 있거든요."

의사의 얼굴에 웃음꽃이 만발했다.

"제 나이에도 치매가 걸려요?"

"그럼요. 요즘 치매는 나이를 가리지 않아요."

의사가 겁을 주었다. 진료를 마치고 영양주사를 맞았다. 일하려면 몸 상태를 좋게 유지해야 했다. 진료실 옆의 방에는 간이침대 세 개가 나란히 놓여 있었다. 맨 안쪽 침대에 가서 누웠다. 간호사가 투명한 액체가 담긴 링거를 걸어 놓고 주사를 놓았다. 정맥이 잘 보이지 않아서 간호사들이 주사를 놓을 때마다 애를 먹었다. 이 병원 간호사도 오른팔과 왼팔을 번갈아 가면서 정맥을 살펴보았다. 한 번 잘못 찔렀다가 간신히 정맥을 찾은 간호사의 얼굴에 안도감이 어렸다. 링거액이 뚝뚝 떨어졌다. 몸속으로 천천히 스며들었다. 점점 의식이 가물가물해졌다. 얼마 전 신문에 났던 기사를 떠올렸다. 마늘 주사를 맞다가 죽은 여자의 기사였다. 이대로 죽는 것은 아닐까.

'죽을 때 죽더라도 쓰레기 산은 쓰고 죽자.'

나는 속으로 중얼거렸다. 죽느냐 사느냐의 문제인 것처럼 비장한 느낌이었다.

***

마음이 급해졌다. 모 일간지 기자가 시의회 본회의에서 허이재가 4,000평 부지확보를 승인요청한 내용을 기사로 썼다. 허이재는 부지확보를 해 주면 영업을 중단하고 산 높이를 낮추어서 그 땅에다 체육시설이나 뭔가를 하겠다는 것이다. 시의회는 건축폐기물이 산이 되도록 둔 것에 대해 질타를 했다. 마침내 쓰레기 산이 표면에 드러난 것이다. 그와 동시에 허이재 속셈도 드러났다. 지난주 폭우가 내렸을 때, 여야강 걷기운동 밴드장이 본 것은 사실이었다. 그는 여야강에 흙더미가 내려와서 한번 쓰레기 산에 가 봤더니 옆으로 땅을 확보하고 있더라고 제보를 했다.

나는 그 기사를 구에게 보냈다.

"알고 있어요."

구에게서 간단하게 답장이 왔다.

"우리도 이번 호에 실어야죠."

나는 다시 문자를 보냈다. 구는 아무런 답이 없었다.

가산자원 사장을 만났다. 그의 아버지는 손수레 하나로 고물상을 하다가 점점 사업을 크게 키웠고, 그는 젊었을 때부터 아버지를 도와 일을 하면서 학생들에게 장학금도 주고 봉사도 하고 있다.

"개인적인 생각인데, 그것은 매립이라고 봐요. 매립허가를 내게 되면 어느 정도 부지에 매립을 해야 해요. 예를 들어 매립을 할 수 있는 양이 정해져 있는 거죠. 천 톤이면 거기에 맞게 해야죠. 처음에는 허가를 낼 때 부지면적, 즉 넓이와 깊이에 따라 톤 수를 내줘요. 그것을 확인하는 게 중요하다고 봐요. 천 톤을 허가해 주었는데 2만 톤을 사용했는지 확인을 하고 난 뒤 뭔가 해야죠."

그는 제법 논리적으로 말했다. 인근 지역에서 일어난 일을 예로 들었다. 시에서 매립장 분양지를 만들고 재활용업체에 분양했다. 그런데 그 양이 넘쳤다면서 누가 허가를 내 줬는지 미관상 보기 안 좋다는 기사를 쓰는 것보다 규정을 따지는 것이 좋다고 말했다.

“아마도 오래전엔 길은 없고, 산이었을 거예요. 지금 짓고 있는 신축 아파트도 예전에는 산이었어요. 공무원이 실사 나오면 어떻게 알고 실사를 하느냐고 물어봐요. 그들이 아는 업체는 우리 회사밖에 없다고 해요. 삼일건기가 허가를 냈는지 안 냈는지 알아보는 게 좋을 듯해요.”

그가 말했다.

“사람들은 18년 동안이나 쓰레기 산이 만들어지는 것을 가만히 보고만 있었나요?”

그에게 물었다.

“지금 A 아파트가 미세먼지가 나는 제지공장이 있다고 따지고 있잖아요. 그것도 비슷한 경우예요. A 아파트는 택지 조사를 했을 때 아파트 부지가 아니었는데, 허가를 내줬어요. 그런데도 미세먼지가 난다고 데모를 하고 있어요. 아무튼 사람들은 자기 일이 아니면 상관을 안 해요. 쓰레기 산이 보이지 않는 동네 사람들은 말을 안 하는 거죠. 왜냐하면 보이지 않으니까요. 쓰레기 산에 대해서는 그 주변에 사는 사람들이 말해야 해요. 예전에 똥 냄새가 나서 축산 시설이 없어진 경우가 있는데, 그때도 주변 사람들이 들고일어났어요. 그러니까 그 주위에 사는 사람들이 아무 말도 안 하면 다들 말을 안 해요. 자신에게 직접 피해가 안 오면 말을 안 하는 거죠. 괜히 입을 대면 귀찮고 피해가 오고 안면이 거슬리기까지 하니까요."

취재가 끝나자마자 그는 대형트럭을 몰고 M시로 가고 나는 사무실로 향했다. 마창을 벗어나고 있는데, 방금 헤어진 그에게서 전화가 걸려 왔다.

"마음에 걸려서 그러는데, 오늘 저와 만난 것 아닙니다."

그는 몇 번이나 다짐을 받았다.

"네. 확실히 말 안 합니다."

"구 대표님한테도 말하지 마세요."

그는 걱정스럽게 말했다.

"그쪽에도 100프로 말을 안 합니다. 걱정하지 마세요."

나는 분명하게 약속했다. 구는 말을 풀어 놓는 타입이었다. 가끔은 지나치다 할 정도로 사람들의 말을 여기저기 옮겼다. 그의 걱정을 충분히 이해하고 공감했다. 허이재는 그의 까마득한 선배고 이래저래 얽혀 있었다. 곤경에 처할 수도 있겠지. 사람들이 쓰레기산이 만들어지고 있는데도 왜 가만히 있는지 그 이유를 알 것 같았다.

3

아침 8시, 미주와 나는 ㅎ시의 재개발 현장으로 향했다. 네비게이션의 도착 시간은 10시 30분이었다. 휴게실에 들르고 하다 보면 세 시간 정도 걸리리라.

"이러다가 부지확보 승인이 나면 큰일이에요. 어쨌든 막아야 해요. 시간이 없어요. 잡지에 기사를 게재하더라도 일단 행동부터 들어가야 할 것 같아요."

나는 미주에게 말했다.

"그럼, 현수막 20개를 은양 곳곳에다 붙입시다."

미주가 말했다. 그녀는 현수막 비용은 20개에 약 80만 원이면 된다면서 몇 사람에게 전화를 걸어서 후원을 받고 모자라는 것은 자신이 내겠다고 했다.

"저도 10만 원 낼게요. 그리고 서 회장이나 몇 사람한테 5만 원이라도 후원하라고 할게요. 그분들도 쓰레기 산에 대해서 말을 많이 해요. 은양의 수치라면서요."

우리는 현수막을 붙이는 것과 동시에 그것을 사진 찍어서 SNS에 올리기로 작전을 짰다.

"저는 요즘 어떤 삶을 살아야 하나 고민을 많이 해요."

미주가 불쑥 말을 꺼냈다. 현수막 얘기가 마무리되고 잠깐 차 안에 침묵이 흐를 때였다.

"그게 늘 관건이죠. 어떻게 살아야 잘 사는 것인지."

"지금 현대문명이 자본주의를 앞세워 엄청난 물질적 풍요를 이룬 것 같지만, 실은 지구 환경을 끊임없이 파괴하고 사회적 약자와 생명을 착취하며 얻게 된 성취라고 생각해요. 지구가 수억 년 동안 땅과 바다 밑 저 깊숙한 곳에 쌓아 둔 화석연료를, 사람들은 불과 2백 년이 되지도 않는 짧은 시간 동안 발전과 성장이라는 핑계로 대기 밖으로 엄청나게 태우면서 탄소를 무분별하게 방출했죠."

"그 이산화탄소가 이상 기후 원인이 되었죠."

"이젠 온난화란 표현은 어울리지 않는 것 같아요. 지구가 펄펄 끓고 있다고 할까요. 불볕더위와 가뭄, 홍수, 산불이 지구 전 지역을 강타하고 있어요. 자연재해가 이상 기후 때문에 벌어지는 것 같아요. 기후 재난으로 엄청난 피해를 보고 있는데도 사람들은 환경문제에 돈을 쓰려고 하지 않아요. 환경문제가 당장 우리 손에 돈을 쥐여 주지 않고 오히려 현재의 풍요를 가로막는 것처럼 보이지만 나중에 가선 아니죠.

욕심을 부려서는 가진 것을 모두 잃게 되겠죠."

미주가 말했다.

"누구나 욕망이 있어요. 하지만 지나친 욕망은 파멸로 자신을 끌고 들어가죠. 나도 그런 케이스인 것 같아요."

나는 지나가듯 툭 말을 던졌다. 차 안에 침묵이 감돌았다.

"산사태로 부모님이 돌아가시고 공부만 했죠. 대학에 들어가고 원하는 회사에도 들어갔지만 요즘 회의가 일어나요."

"저도 그래요. 가끔 지금 하는 일이 맞는지 의심이 들기도 하고요."

미주가 말했다.

"사실 그린워싱 광고로 사람들을 기만하고 회사에 피해를 줬어요. 회사에서 만드는 제품이 친환경적인지 아닌지 확인하지 않고 홍보를 한 거죠. 술자리에서 친환경 소재로 만든 제품이라는 말을 언뜻 들었고 그 말 때문에 그런 마케팅을 한 것인지는 잘 모르겠어요."

나는 어렵게 말을 꺼냈다.

"저도 그린워싱에 대해서 조금은 아는데, 호주의 한 회사는 생분해성 플라스틱을 사용하는 것을 홍보하며 친환경 운동에 동참했다가 벌금을 물은 적이 있었죠. 그 회사는 친환경을 지향했지만 실제로 무엇이 지속 가능한 재료로 구성되는지에 대한 연구가 부족했던 거죠. 그 회사에서 사용한 플라스틱은 기술적으로 완전히 분해가 되지 않고, 생분해성 환경을 위해 특별히 설계된 소화기에서 처리되어야 하며 그렇지 않을 경우 더 작은 부분으로 분해되어 결국 환경에 유해함을 준다는 것을 알지 못한 거죠."

"그게 다 수익성 때문이에요. 기업이 윤리적인 실천을 잘하는 경우 그만큼 매출이 많아진다는 발상이 기업들이 친환경 탈을 쓰게 하는 것 같아요."

나는 말을 끝내고 입을 다물었다. 차 안에 침묵이 감돌았다.

"아이 아토피를 치료했던 시간은 산산이 깨진 유리그릇을 하나하나 다시 붙여서 새 유리그릇으로 만들어 내는 과정 같았어요. 임신했을 때 뭘 잘못 먹어서 그런가 하고 자책도 많이 했어요. 그런데 근본적인 이유는 공기오염이었어요. 그 누구의 잘못도 아니라고 봐요. 누구나 그럴 때가 있잖아요."

"일말의 의심이 있으면 사실확인을 해야죠. 그랬다면 그런 일은 안 생겼겠죠. 다 내 책임이에요. 저의 욕심이었어요."

이야기하다 보니 어느 사이 ㅎ지역이었다.

***

재개발 현장은 거대한 쓰레기 생산공장인 것 같았다. 콘크리트, 유리, 목재, 보드 등 온갖 것이 뒤엉켜 있었다. 인부들이 그것들을 트럭에 싣고 집하장으로 날랐다. 그곳을 보니 기가 막혔다. 페인트 통, 대리석, 시멘트 포대, 맥주 캔, 작업용 장갑, 페트병, 욕조 등이 산더미처럼 쌓여 있었다. 대부분 흙과 먼지로 뒤범벅되었다. 그야말로 쓰레기였다. 대형트럭이 그것을 싣고 있는 게 보였다.

"이 쓰레기들은 어떻게 처리해요?"

소장한테 물었다.

"건축폐기물 재활용업체에서 가져가요. 이걸 제대로 분류하지 못한 채 일부는 소각하고, 나머지는 매립장으로 보내죠. 배달 서비스로 폭증한 생활 쓰레기의 심각성은 대부분 공감하고 있잖아요. 그런데 플라스틱이나 비닐 같은 생활 쓰레기보다 더 심각한 것은 바로 이 건축 쓰레기예요. 행정 용어로는 '건설폐기물'이라고 해요. 이건 간단한 통계예요. 국내에서 하루 동안 배출되는 폐기물 종류와 양을 나타낸 것인데 가장 큰 비중을 차지하는 항목은 생활폐기물이 아니고 바로 건설폐기물이에요. 약 44.5%나 되죠. 사람들이 피부로 실감하는 생활폐기물은 11.7%에 지나지 않아요."

미주의 사촌인 소장은 손에 들고 있는 서류철에서 파일을 보여 주며 설명했다. 건설폐기물이 전체 쓰레기 발생량에서 이토록 커다란 비중을 차지하다니. 미주와 나는 서로 얼굴을 쳐다보았다.

"쓰레기는 부피가 아니라 중량으로 가늠해요. 무게가 많이 나가는 건설폐기물이 쓰레기 발생량을 좌우하는 거죠. 쓰레기 처리 비용 역시 중량이 핵심입니다. 가정에서 발생하는 생활 쓰레기 매립 비용이 톤당 7만 원인 데 비해 건설폐기물은 톤당 10만 원쯤 해요. 건설폐기물은 소각하기도 쉽지 않아요. 땅에 묻어야 해요. 쓰레기 매립지 수명도 건설폐기물 양에 달려 있어요."

소장이 말했다.

"그럼, 저것들을 땅에 묻는다는 거예요?"

나는 쓰레기들을 보면서 물었다.

"쓰임이 다해 쓰레기가 되었지만 건설폐기물의 원래 모습은 천연자원이죠. 모래와 흙, 자갈, 석회석이죠. 강과 바다, 그리고 산과 땅에서 온 것들이죠. 그러므로 건설폐기물 문제는 곧 자원순환과 지속 가능성에 대한 문제이기도 해요."

소장의 말에 따르면 순환골재 생산의 최대 장애물이 바로 이물질이었다. 현장에서 세세한 분류 작업 없이 마구잡이로 철거 작업이 이루어지다 보니 순환골재 품질에 악영향을 미친다는 것이다. 이물질이 많이 섞인 저질 순환골재가 건설 현장에 납품되다 보니 폐기물 재활용 사업이 발전하지 못한다는 것이다. 소장은 건축 쓰레기 재활용 회사에는 특별한 시설이 있다고 했다. 폐기물 안의 흙과 돌 그리고 이물질을 강력한 진동을 통해 '털어 내는' 시설이다. 이 과정을 반복함으로써 순환골재가 생산된다. 몇 차례 작업 과정을 거치면서 폐콘크리트가 고운 모래로 탈바꿈한다. 순환골재 생산 후 남은 이물질만 매립장으로 보내게 된다고 설명했다.

"원래 건설폐기물이라는 말은 존재하지 않아요. 철거 작업에서부터 제대로 된 분류가 이루어지기만 하면, 폐기물을 100% 가깝게 순환골재로 생산해 내는 것이 가능해요. 이를 위해서는 철거 현장부터 바뀌어야 해요. 철근, 유리, 목재 등 재활용 가능한 것과 아닌 것을 엄격히 분리해 배출해야 하죠. 이른바 '분별해체'죠. 가정에서 생활 쓰레기를 분리 배출하는 것과 마찬가지예요. 이를 위해서는 철거와 폐기물 배출 작업 분리가 필수예요. 철거업체는 철거만, 배출업체는 폐기물 선별 작업만 맡아야 하는데, 대다수 민간 건설사는 철거와 배출을 '평당 얼마씩' 쳐서 한 묶음으로 발주해요. 더 빨리 때려 부수고 치워 버리자는 생각뿐이죠. 서울시 같은 경우 공공기관 외 민간 업체에도 분별 해체를 의무화할 예정이지만, 강제력은 없고 권고사항일 뿐이죠."

소장은 사무실로 자리를 옮긴 뒤에도 자신이 알고 있는 정보는 모두 말해 주겠다는 확고한 의지를 가진 것처럼 순환골재에 대해 세세하게 설명했다. '신재생에너지'와 다름없는 순환골재는 정작 건설업계에서 환영받지 못하고 있다. 농어촌도로, 하수관, 주차장 등 공공기관이 발주하는 몇몇 공사에만 '의무 사용' 되고 있다. 천연골재에 비해 절반 이하 비용으로 건물을 올릴 수 있지만, 여전히 '순환골재=쓰레기'라는 인식을 벗지 못하고 있어서다. 국토교통부가 '품질기준'까지 세세하게 만들어 놓았지만, 재개발조합 등 관계자들은 순환골재 사용을 탐탁지 않게 여긴다. 앞서 말했듯 상당수 업체에서 저품질 순환골재를 생산하는 것도 현실이다. 천연골재를 대체할 수 있는 고품질 순환골재를 생산하려면 건설폐기물 처리 단가가 올라가야 하는데, 현재로서는 뾰족한 답이 없다. 기후 위기에 대비해서라도 순환골재 사용을 늘려야 한다 등등.

"시간이 되시면 근처 J읍에 가 보세요. 거대한 쓰레기 산이 있어요. 은양에 벌어지는 일과 비슷해요. 기사를 쓰는 데 도움이 될 거예요. 독성 폐기물을 포함한 쓰레기 백오십만 톤이 쌓여 있어요."

소장이 가르쳐 준 J읍의 주소지에는 'OO폐석산 복구지 환경오염방지 대책위원회 주민감시원 사무실' 현판이 걸려 있는 컨테이너가 있었다. 컨테이너 뒤로 거대한 쓰레기 산이 보였고 철책으로 둘러싸여 있었고 일반인 출입 금지, 라는 팻말이 세워져 있었다. 인터넷 검색을 해서 알아본 바에 의하면 이 마을은 건설폐기물 문제의 상징 같은 곳이었다. 사건은 2004년으로 거슬러 올라갔다. 산은 본래 건설용 골재를 채취하는 곳이었다. 골재를 파내고 난 뒤의 공간은 나중에 복구해야 했다. 그해 J읍은 토사와 폐기물을 '50 대 50'으로 메우겠다는 폐석산 복구업체에 허가를 해줬다. 산지관리법을 확대하여 해석한 결과였다. 관련법에 따르면 폐석산을 복구할 때 흙이나 돌뿐 아니라 재활용 가능한 폐기물을 활용할 수 있게 돼 있다. 그러나 어떤 종류의 폐기물을 사용할 수 있는지에 관한 규정은 2010년에야 마련됐다. 그사이 낭산에는 전국 18개 지자체 35개 업체에서 모인 건설폐기물이 매립됐다. 건설용 골재 채취로 생긴 생채기를, 다 쓴 건설폐기물로 때우는 아이러니였다.

땅에 묻힌 건 일반폐기물만이 아니었다. 당국의 소홀한 관리 감시 속에 위험한 지정폐기물도 지하 48m 공간에 함께 묻혔다. 고농도의 비소 등이 포함된 폐배터리 폐기물과 화학공장 폐기물이었다. 2007년 무렵부터 침출수가 흘러나왔다. 주민들은 '요즘 개천에서 물고기가 왜 이렇게 죽어 나가지?' 하며 의아해했을 뿐 이유를 몰랐다. 진실이 밝혀지기까지는 오랜 세월이 걸렸다. 주민들이 민원을 낸 끝에 2016년 환경부 중앙환경사범수사단의 수사로 실체가 드러났다. 토양에서 비소, 구리가 기준치의 10배를 넘겼다. 기준치의 80배가 넘는 납도 검출됐다. 특히 비소는 기준치의 1,600배였다. 이 사건은 '최악의 환경오염'이라는 제목을 달고 주요 언론에 도배됐다. 2019년 대통령이 인근에 있는 본사를 방문했을 때 침출수가 흘러나올 것을 우려해 이 일대 땅을 검은 천으로 덮었다는 이야기도 들을 수 있었다.

환경오염 이슈로 떠들썩했건만, 이곳의 폐석산 문

제는 지금도 별 대책 없이 현재진행형이다. 환경부와 J읍 등이 행정대집행을 통해 예산을 마련해 총 150만 톤 가운데 이제 겨우 5만 톤을 이적 처리했다. 지금 속도라면 앞으로 30년은 더 걸린다고 했다. 이적 처리 비용은 3,000억 원에서 4,000억 원에 달할 것으로 추정되는데 올해 책정된 예산은 91억 원뿐이다.

더 큰 문제는 독성 폐기물이 포함된 낭산 쓰레기를 옮길 곳이 마땅치 않다는 점이다. 지난해 ㄱ지역으로 폐기물을 이적한다는 소식이 알려지면서 그 지역사회가 들끓어 계획이 무산되기도 했다. 최근 이적 처리한 5만 톤이 어디로 갔는지에 대해서도 J읍은 밝힐 수 없다고 말했다. J읍 공무원들이 이 폐석산 문제에 왜 이토록 예민한지 추측할 수 있는 대목이다. 문제가 불거진 이후 공무원들은 침출수 감시 등을 위해 이곳에 상주하다시피 한다. 17년 전 전국 18개 지자체에서 흘러들어 온 폐기물이 J읍을 쑥대밭으로 만든 셈이다.

J읍의 폐기물 대란 사태는 남의 일이 아니었다. 은양에도 이미 빨간불이 켜졌다. 거대한 폐기물 산이 도심에 자리를 잡고 있다. 그런데도 은양 주민들은 침묵을 지키고 있다. 정주시의 공무원들은 저렇게 폐기

물이 산을 만들 때까지 뭘 하고 있었던가. 나중에 사람들이 은양이 아니라 쓰레기 도시라고 부를지도 몰랐다.

4

또 태풍이 올라오고 있다. 인터넷에 태풍 소식이 줄줄이 올라와 있다. 이번 달만 해도 벌써 몇 번째인가. 일주일 간격으로 태풍이 오는 것 같다. 아침부터 비가 오다가 말다가 했다.

"비 오면 어딜 가는 것도 그래. 남의 사무실 찾아가는 것도 그렇고. 광고해야 하는데."

구가 말했다.

"그러게요. 저도 비가 올 때 누구 만나는 것이 좀 그래요."

성이 말했다. 잡지사 일도 날씨에 좌우되는구나. 몰랐던 일이다.

"황사 때문에 기온이 올라가서 태풍이 자주 온다고 해요. 이렇게 기온에 변화가 오면 나중에 없어지는 직업이 많을 것 같아요."

나도 한마디 거들었다.

"아무래도 그렇겠죠. 대신 돈 버는 직업도 있을 거고."

"마스크 공장처럼요. 국정원에 근무하다가 퇴임하신 분이 평소 알고 지내던 마스크 공장 사장과 친하게 지냈어요. 그 사장이 마스크 공장을 접는다고 해서 놀기 삼아 인수했는데, 그게 코로나 때문에 대박이 났어요. 부자가 됐어요."

성이 흥분한 목소리로 설을 풀었다. 사무실 분위기가 약간 밝아졌다. 수다를 떨고 있는데, 백 주필이 문을 열고 들어왔다.

"다른 신문에 아파트 광고가 났던데, 어떻게 된 일입니까?"

백 주필은 들어오자마자 구에게 물었다.

"안 그래도 홍보팀장과 만났어요. 오늘 중으로 답해 주기로 했어요."

구가 말했다.

"동보기업은 이번에도 광고가 없다고 하던가요?"

백 주필이 말했다.

"그게, 광고할 게 없다고 하네요. 지난달에도 건너뛰었는데. 광고가 나오면 인쇄비라도 되는데. 아마도 미디어 쪽으로 광고가 흘러간 것 같아요. 사장을 한번 만나 봐야겠어요. 안 그래도 열악한 지역잡지사를 살리려고 하는 건지 죽이려고 하는 건지."

구는 동보기업을 비난했다. 홍보사 직원들도 잡지사 사정을 알아서 챙겨 주는 것도 아니고 자기들 일만 많아지니까 귀찮아서 안 하기도 한다면서 성도 한마디 거들었다.

"잡지에 내 봤자 광고 효과가 없다고 생각하는 거죠."

나도 슬쩍 한마디 했다. 이제는 안면에 의존해서도 안 되고 자력으로 살아남아야 한다면서 화제는 방법론으로 옮겨졌다.

"우리 잡지도 변화를 꾀해야 살아남을 수 있어요. 뉴미디어 시대에 발맞춰야 해요. 디지털 매거진에 주력하고 유튜브와 SNS도 적극적으로 활용하고요."

성이 말했다.

"시대가 바뀌면 잡지사도 달라져야죠."

백 주필이 말했다.

"그래도 잡지는 찍어야 해요."

구가 말했다. 그는 은양에 지사를 낸 정주일보가 기자를 세 명이나 보내 은양 구석구석을 헤집고 있다면서 우리 잡지가 살아남는 방법은 인터넷 매거진도 운영하면서 잡지도 발간하는 것이라고 했다.

"지역매거진은 중앙지와 달리 살아남을 수 있어요."

구가 말했다.

사무실이 활기에 넘쳤다. 모두 자신이 알고 있는 정보를 쏟아 냈다. 유리창을 두드리는 빗소리가 말소리에 사라졌다.

나는 쓰레기 산 기사를 쓰기 시작했다.

은양에 A건설폐기물 중간처리업체가 현재 사업장 부지 확장을 정주시에 요구하자 주민들은 극구 반대를 하고 나섰다. 부지확장을 요구한 A업체는 과다 적재로 재해 발생 우려가 있고, 경관 개선을 위한 옹벽 설치 등을 위해 기존 13만4천554㎡(약 4만1천여 평)의 8.9% 수준인 1만2천19㎡ 규모의 부지, 약 3,600평을 더 내어 달라고 요구했다. 현재 실시계획 인가를 위한 행정절차만 남은 상황으로, 내달 말께 사업허가가 떨어질 예정이다.

이에 주민단체 '은양을 사랑하는 목소리' 등 사업장 주변 아파트 주민들은 대책위원회를 구성했다. 지역 커뮤니티 '은양 이야기'와 '안전하고행복한은양만들기주민모임', '행복한아파트 입주자 대표회의', '경남정주환경연합'은 정주시에 명확하고 정직한 사업계획서를 공개해 달라며 알 권리를 주장하면서 허가에 반대할 것을 호소했고, 시장과의 간담회를 열어서 허가과정과 이후 대책을 논의했다. 면담 결과, '여러 가지 조건을 붙여서 허가했고 그것을 잘 이행하는지 관리 감독하겠다.' 등의 형식적인 답변만 오간 상태로 면담 관련자는 앞으로 좀 더 많은 시민의 참여가 필요하다고 말했다.

정주시와 정주시의회 등에 따르면 지난 16일 정주시 도시계획위원회는 여계동 232-2번지 일원 폐기물처리 · 재활용시설 업체가 지난해 말 제안한 사업부지 확장 요구를 승인했다.

이 업체는 2005년 8월 10일 산과 산 사이의 오목한 골짜기를 매립하는 과정에 성토재를 가지고 부지조성을 하겠다는 조건으로 폐기물 부지조성허가를 받았다. 이후 두 차례의 부지변경을 했다.

▶ 2005.08.10. (시장 김○○) 폐기물 부지조성허가

면적=40,985㎡, 부지계획높이 : 161m

▶ 1차 부지확보-2009.01.12. (시장 유○○)

면적=40,985㎡ → 85,124㎡(약 2만5천 평), 증가 44,139㎡(약 1만3천 평)

변경 사유 : 모래생산시설 및 생산제품 보관 부지확장을 위한 변경

▶ 2009.05.29. : 실시계획변경

면적=40,985㎡ → 85,124㎡, 부지계획 높이 : 178m

▶ 2차 부지확보-2012.04.16.

면적=85,124㎡ → 135,055㎡, 증가 49,931㎡(약 1만

5천 평)

변경 사유 : 건설폐기물 반입량 증가 및 골재생산 보관장 확보를 위한 변경

▶ 2013.08.17. : 실시계획 변경인가

면적=85,124㎡ → 135,055㎡, 부지계획 높이 : 185m

▶ 3차 부지확보-2022.07.23. (시장 정○○)

면적=135,055㎡ → 147,074㎡, 증가 12,019㎡(약 3천 6백 평)

변경 사유 : 적재된 골재의 사면 안정성 확보 및 주변 지역의 부정적 경관 해소를 위한 녹지조성 목적의 시설경계 확장

위에서 보는 바와 같이 이 업체는 지난 두 차례 도시계획을 변경해서 용지 확보를 하여 영업을 해 왔다. 다시 사업지를 확장해 또다시 승인이 이뤄지면 처음 계획한 4만 985㎡보다 사업지가 3배 이상 늘어나게 된다.

이번 3차 부지확보 신청 업체 측은 부지확장을 통해 축대벽 등 안전시설을 추가 설치하고, 폐기물 적재 공간에 녹지를 조성해 도시 미관 개선에도 노력하겠다는 계획에, 현재 사업을 마감하는 순서를 밟고 있다는 입장을 내고 있지만 그 어디에도 사업을 종료하겠다는 말은 없다.

이에 대해 정주시 의회도 "부지확장 승인 뒤 폐기물을

계속 쌓을 경우 방법이 없다"라고 우려했고 주민들도 "지난번 진행하는 걸로 봐서 이제는 도무지 믿을 수 없다"고 반발하고 있다.

시 도시계획관련자도 "승인 이후 업자가 계속 폐기물 사업을 해도 시에서 어떻게 할 수 없다"라고 말했고 이 업체를 관리하는 자원순환과의 관련자도 "업자의 사업종료에 대해선 알 수 없다"라고 말했다.

시의회 "부지확장 승인 뒤 폐기물을 계속 쌓을 경우 방법이 없다"

주민 "사업승인 후 업자가 무슨 사업을 할지 알 수 없다. 여태까지 사업부지를 확보해서 영업을 해 온 것으로 봐서 앞으로도 적재물을 쌓지 말라는 법은 없다. 이제는 도무지 믿을 수 없다"

정주시 도시계획 관계자 "사업승인 이후 업자가 계속 폐기물 사업을 해도 시에서 어떻게 할 수 없다"라는 입장 밝혀

정주시 자원순환과 관계자 "업자의 사업종료에 대해 출장소에선 알 수 없다"

시는 지난 30일 주민과 환경단체의 시민 면담에서 적재 용량이 위험하면 밀어내라고 행정명령은 할 수 있다고 답

변했다. 지난 6월 17일 완료된 평가의 보완요청 협의 상황에 "업체는 수년에 걸쳐 사업장 내에 다량의 재생 골재를 누적하고 있으며 이번에 추가 부지를 확보하더라도 장기적 측면에서 재생 골재 누적량은 증가할 가능성이 높아 야적량을 최소화하게 계획하고 계획량을 초과하지 않는 범위에서 확장 부지를 운영할 필요성이 있다"라고 검토했다.

하지만 이에 대한 업체의 응답은 "이번 사업 부지 내 순환토사 야적부지 증가는 거의 없다"라는 답변으로 그쳤다.

세부적인 높이 규제 등이 없는 것. 이에 낙동강유역환경청 관계자는 "환경평가에서 이를 검토하지는 않는다. 반입반출량만 계획된 것을 확인하는 데 그친다. 법망의 허점이다. 은양처럼 폐기물이 산을 이룬 것은 상당히 이례적인 일이다. 지자체가 행정적으로 규제해야 한다"라고 말했다.

이에 대해 정주시 도시계획과장은 "행정적으로 높이를 규제할 수 없다. 사업자가 높이 쌓여 있는 폐기물을 안전하게 만들고 더 이상 쌓지 않겠다고 확인해주고 있다"라고 말했다.

지난 18년 전부터 사업장에 쌓아 올린 폐기물은 은양에 들어서면서부터 흉물스러운 모습으로 쉽게 보일 정도로 도시 미관을 해친다며 주민들이 목소리를 높였다.

이 업체는 건설폐기물 중간처리업으로 K시와 M시 등 인근에서 폐기물을 가져와 파쇄하면서 골재와 철은 분류해

반출하고 남은 폐골재를 사업장에 쌓아 왔다. (5년 전 일부 순환골재로 지정) 주변 아파트 건립 등 개발사업이 이뤄지고 사업장 바로 앞에 약 4천 세대 규모의 아파트가 들어서면서 주민들 불만이 커지고 있다.

업체 관련자는 "사업 마무리 단계로 지금부터 부지확장을 해서 쌓인 성토재를 들어내서 산림녹화를 조성하겠다"라고 주장을 하고 있다.

하지만 주민들은 이를 받아들이지 않고 있다. "문제의 폐기물업체가 과거 1, 2차 확장과 사업장 인근에 주차장을 허가받을 때에도 정주시와 그들 사이의 약속, 우리의 요구사항은 여태 지켜지지 않은 채 진행돼 왔다"라면서 더 이상은 믿을 수 없다는 완강한 반대의 목소리를 높이고 있다.

주민들은 사업주가 현재 사업장에 폐기물을 더욱 쌓으려는 의도로 부지를 확보하는 것이라며 반발하고 있다. 또한, 부지를 확보해서 녹지 작업을 한다고 해도 산이 현재 임대 중인 민간 아파트 및 4천 세대 아파트와 인접해 있어 자연스럽게 흉물이 될 수밖에 없고, 그 위에 계속 사업을 하든가 다른 사업을 한다면 약간 줄어든다고 해도 여전히 흉물로 남을 것이라고 우려하고 있다.

일부 주민들은, 가장 좋은 방법은 적재된 제품을 다른 곳에다 이동시키고, 폐기물 산의 높이를 대폭 낮추고 그 위에 좋은 흙을 섞어서 녹지공간을 조성하는 것이며, 이를 통해 인근 아파트들이 살아나고 은양이 살아날 것이라고 말한다. 이들은 부지확보를 철회하고 준공심사과정을 거쳐 엄격하게 높이를 재서 초과분을 일단 업체가 들어내는 것이 급선무라고 주장하고 있다.

이에 대해 정주시 관계자는 “그 사업주가 지금 쌓여 있는 폐기물 높이를 낮추기 위해서 정확하게 3,600여 평의 부지 허가를 내어 달라고 우리 시에 요청한 것이다”라며 “만약 그 사업주가 이번에 허가를 신청한 부지에 다시 폐기물을 쌓는다면 모든 행정조치를 총동원해서라도 처벌하고, 이를 막겠다”라고 말했다.

지역주민의 생생한 목소리

시의원, 도의원은 대체 무엇을 하는 사람인가?

아무도 뽑아주고 싶지 않다!

—여계동 주민 이○○ 씨

처음 지저분한 산을 보고는 뭔가 하려고 산을 깎아 내는 줄 알았다. 그런데 산이 자꾸만 올라가서 주변 사람에게 물어봤다. 폐기물 산이라고 했다. 그래서 시에 전화를 걸었다.

“아파트 중간에다 없애도 모자랄 판에 저런 지저분한 것을 허가 내주느냐?"고 물었다. 시는 재생허가를 내줬다. 면적을 넓혀서 높이를 낮춘다고 말했다. 대체 은양 지역의 시의원 도의원은 이 지역을 위해서 뭘 하는 것인지 의문스럽다. 그분들은 벌써 알았을 것인데 왜 증축을 할 수 있도록 허가를 내줬는지 알 수 없다. 그리고 도시계획심의위원들에게 묻고 싶다. 정주 신도시에 살아서 은양에 관심이 없어서 그런지 몰라도 공청회를 해서 주민들에게 물어본 적이 있는가.

삼일건기가 얼마나 힘이 센지 모르지만, 이것은 말도 안 되는 짓이다. 이번에 비가 왔을 때 일부가 무너졌을 것 같다. 시에서는 폐자재 뭐라고 하면서 인체에 그렇게 해가 되지 않는다고 하는데….

많은 사람이 말을 안 할 뿐이지 저것은 아니라고 생각하고 있다. 대체 저것에 대해서 왜 아무도 말하지 않았냐고 시에 물었다.

시는 "딱 한 분이 와서 말했다"라고 답했다. 폐기물 산이 있으면 아파트 허가를 내주지 말든지 면적을 넓혀서 뭐 어찌한다는 것은 지역에 사는 주민으로서 용납되지 않는다. 우리 지역에 저것이 대체 뭔 말인가. 전부 다 아니라는 것은 알고 있다. 앞 시장들이 면적을 넓히는 데 허가를 내줬고 이번 시장도 면적을 넓히는 데 승인을 했다고 하는데…. 왜 승인했는가. 도무지 알 수 없다.

정주시가 은양 주민의 주거환경을 생각해 본 적이 있는가? 묻고 싶다

—은○○ 씨

정주시가 은양 주민의 주거환경을 생각해 본 적이 있는가! 묻고 싶다.

수천 세대의 주민이 거주하는 아파트와 얼마 떨어지지 않은 곳에 건축폐기물 산이 은양의 중심에 떡하니 자리 잡고 있어도 아무도 책임지는 사람이 없다.

선거철만 되면 표 달라는 선출직 국회의원, 시장, 도의원, 시의원들은 누굴 위해 일하는지 선거철 지나면 시민들의 아우성은 나 몰라라 한다.

지역유지들은 지역발전을 논하면서도 정작 은양의 흉물로 변해가는 폐기물 산에 대해서는 논하지 않는다. 지역에 선후배라 눈치 보고 말 못하고 누구는 사장이 빽이 좋다고 섣불리 못 건드린단다. 나는 믿는다. 은양 주민들의 힘이 더 세다는 것을….

정주시 도시계획심의위원들은 가슴에 손을 얹고 한 번 생각해보시길 바란다. 심의를 채 30분도 하지 않고 심의를 하고 정주시는 시민의 안위를 걱정도 않고 승인을 해 주는 작태는 감사원 감사를 신청해서 정말 주민을 위하는 행정이었는지, 은양 주민을 시민으로 생각이나 하는지 다시 묻고 싶다.

폐기물 산이 저렇게 올라가도 규제할 수 없다면 입법 자체가 문제다

—마창동 이○○ 씨

18년 동안 공사 중인 폐기물 산, 저렇게 올라가도 높이를 규제할 수 없다면 공사 기간도 없이 하늘 끝까지 올라가도 괜찮다는 말인가.

올라가면 올라갈수록 홍수가 지거나 하면 토사가 많고 매몰될 위험성이 많다. 산사태가 나면 어떻게 되겠는가. 기존 산도 산사태가 나는데, 위험성이 몇 배로 높다. 국민의 안전을 방조하는 것이다. 국민의 생명을 지켜주는 것이 국가의 목적이고 정부의 목적이다. 국민의 생명을 근절하는 것이 국가의 목적이 아니다. 국민의 생명을 경시하는 것이 무슨 나라인가. 제도는 상식에 근거를 마련해야 한다. 아무리 상식적으로 생각을 해 봐도 저런 식으로 방치를 한다는 것은 시도 문제고 국가도 문제다. 저런 것을 제재할 수 없다는 것은 입법 자체가 문제다. 산을 훼손하라고 양성해주는 것밖에 더 되나.

공무원과 업자의 결탁이라고 상식선에도 볼 때 그렇게

밖에 생각이 안 든다.

관계 공무원이 의식이 조금이라도 있으면 저렇게까지 되지 않았을 것이다. 특히 역대 지난 시장이나 현재의 시장이 문제라고 본다. 시장이 문제다. 공무원은 위에서 하라면 한다. 시장의 입김이 아니면 허가를 내줄 수 없다. 도장을 찍기 전에 시장한테 협의를 구하는 것이 상식이다.

자판을 한참 두드리다가 고개를 드니 사무실엔 구와 성, 나만 남았다. 시간을 보니 퇴근 시간이다.

"술이나 한잔할까?"

구가 성에게 물었다.

"좋죠."

성이 흔쾌히 말했다.

"민 기자님은 어떻게 할래요?"

구가 내게 물었다.

"저도 한잔하죠. 집에 가 봤자 아무도 없는데."

우리는 "이런 날에는 삼겹살에 소주가 최고지." 하면서 뚱땡이 삼겹살 식당에 갔다.

식당에는 사람들이 북적거렸다. 한참 난상토론이 이어졌다. 주 논지는 잡지사가 살아남으려면 어떻게 해야 하는가, 였다. 구도 성도 잡지가 망하면 안 되는 사람들이었다. 그들에게 잡지사는 생존 터전이었다.

"잡지사 기자의 좋은 점이 뭔 줄 알아요?"

구가 말했다. 목소리 톤이 올라가고 발음이 풀어지는 걸 봐서 술이 어느 정도 된 모양이다.

"뭔데요?"

"70이 넘어도 건강하면 할 수 있다는 거예요. 정주시청에 75세가 넘은 기자도 있어요. 생생하게 다녀요. 주필님을 봐도 그렇잖아요. 얼마나 생동감 있나요."

구의 말은 기분에 따라서 왔다 갔다 했다. 전번에는 갈수록 광고가 안 된다면서 다른 일을 알아봐야겠다고 말하더니 오늘은 기자보다 더 좋은 직업이 없다고 한다.

"그래서 제가 기자를 계속하고 있는 겁니다. 돈 생각하면 기자질 못 하죠."

성이 웃으면서 말했다. 분위기가 화기애애했다.

"주필님한테 전화해 볼까요?"

성이 구에게 물었다.

"사모님도 퇴원하신 지 얼마 안 되었고 그냥 내버려 둡시다."

구가 만류했다.

"사모님은 좀 괜찮으신가요?"

구에게 물었다.

"네. 좋아진 것 같아요. 젊었을 때부터 간질 발작을

일으켜서 주기적으로 병원에 가서 검사를 받는데, 이번에 상태가 안 좋아져서 백 주필님이 고생했네요."

구가 말했다.

"젊었을 때부터 그랬다니. 주필님이 내색을 안 해서 몰랐네요. 환자를 챙기는 것 보통 힘든 일이 아닌데. 온화하시면서 내공이 깊어 보이셨는데, 그것이 다 이유가 있었네요. 아마도 신문이 주필님을 견디게 해줬는지 몰라요. 신문이란 돌기둥을 붙들고 있었기에 저렇게 활기차게 살 수 있는 것 아니겠어요?"

나는 평소의 생각을 피력했다.

"민 기자님의 말은 언론이 예술이라는 거네요. 예술이 그렇잖아요."

옆에서 가만히 듣고 있던 성이 말했다.

"자, 예술을 위해서 건배합시다. 건배!"

구의 선창으로 우리는 술잔을 부딪쳤다. 다들 돌기둥 하나는 붙잡고 살아가고 있구나. 삶을 견디게 해 주는 것, 삶을 살아가게 해 주는 것 하나는 가지고 있구나. 돌이켜 보면 나도 나름대로 열심히 살아왔다. 평균치의 삶을 살아 내려고 악을 써 가면서 살았다. 그런데 지금 어떤 상황에 놓여 있는가. 내가 붙들고 있었던 것은 무엇이었던가? 가게 문이 덜커덩거렸다. 바람이 갈수록 세어지고 있었다.

"태풍이 너무 자주 와요. 기후 온난화로 전 세계가 초토화되는 것 같네요. 집중호우로 산이 무너지고 도시가 잠기고. 이런 식으로 비가 내리면 쓰레기 산도 무너져 바로 앞 아파트도 덮칠 수 있겠네요."

나는 쓰레기 산이 우르르 쾅, 소리를 내면서 아파트를 덮치는 광경을 떠올렸다. 그러지 말라는 법은 없다. 삼각형의 각도로 안정적으로 쌓아 놓은 쓰레기 산이지만 스며든 빗물이 산을 한꺼번에 무너뜨릴 수도 있다.

"아마 그럴 수도 있겠죠."

성이 말을 받아서 대답했다.

"신축 중인 아파트에 사람들이 입주하면 어떻게 되는가요. 쓰레기 산과 동반해서 평생 살아야 하는가요?"

나는 평소의 걱정을 털어놓았다.

"그러게요. 그런데 사람들은 그런 것에 신경을 안 쓰는 것 같아요. 쓰레기 산에서 나오는 먼지는 어릴 적 논밭을 갈 때 날리는 먼지와 별다른 것이 없다면서 사람에게 해가 없다고 하는 사람도 있어요."

구가 말했다.

"대체 누가 그딴 소리를 해요? 비산먼지가 인체에 해가 안 된다고요?"

나는 성질을 냈다.

"그렇게 생각하는 주민들도 있다는 거죠."

구가 변명하듯이 말했다.

"쓰레기 산을 구성하는 게 콘크리트 같은 건축자재들이에요. 그 속에 몸에 안 좋은 오염물질이 들어 있어요. 자연과 환경이 사람들에게 얼마나 중요한지를 인식하지 못한 사람들이 각자의 탐욕으로 쓰레기 산을 만든 거죠."

"그래도 합법적이라고 하잖아요. 그건 시에서도 어떻게 할 수 없어요. 그걸 치우는 데 얼마 드는지 알아요? 200억 넘게 들 거예요. 시 예산으로 어림도 없죠. 지금 시장도 더 이상 산을 쌓지 않는다는 조건으로 부지확보를 해 주는 거라고 해요."

구가 말했다.

"사람은 누구나 욕망이 있어요. 먹고살기 위해선 돈도 벌어야 하고요. 지금 살아가는 것도 버거운데 죽고 난 뒤의 세상까지 신경을 쓸 여유도 없고요. 하지만 자신의 욕망 때문에 다른 사람에게 피해를 주는 것은 지양해야 한다고 봐요. 그건 탐욕이에요. 우리가 죽고 난 뒤 후손들이 저 쓰레기를 보고 뭐라고 하겠어요."

나도 모르게 목소리가 높아졌다.

"하긴 저도 요즘 많이 반성했어요. 아이들에게 무엇을 남겨 줘야 하는가 하고요. 결혼도 하고 아이도 낳고 그러면서 보통 사람으로 살아가기를 바라는 게 부모 마음이죠. 그런데 보통 사람으로 살아간다는 게 어디 쉽나요. 제일 어려운 것 같아요."

성이 말했다.

"그렇죠. 지금이라도 늦지 않은 것 같아요."

화제는 먹고사는 일로 흘러갔다. 면면을 살펴보았다. 하나같이 어려운 시기를 견뎌 왔고 현재 하는 일에 대한 어려움을 토로했다. 문득 머릿속에서 생각이 스쳐 지나갔다. 어쩌면 그들도 미래를 두려워하고 있을지 모른다는 것. 그들의 눈빛은 어떻게 하면 살아남을 수 있을까, 세상이란 무서운 적수 앞에서 전전긍긍하는 것 같았다.

식당에서 나온 구와 성은 근처 호프집으로 향했다. 나는 틈을 타서 쓰레기 산 기사 얘기를 꺼낼 요량으로 2차에 합류했다. 기사를 완성하기 전에 구가 초를 칠 것만 같아서 그동안 언급을 하지 않았다. 낼모레 기사를 구한테 보여 주고 웹하드에 올려야 하는데, 오늘 말을 하는 게 좋을 것 같았다. 갑자기 들이밀면 구가 어떻게 나올지도 알 수가 없었다.

생맥주집은 생각한 것보다 조용하고 음악도 나지막하게 흘렀다.

"아무리 불경기라고 하지만 업주들이 광고를 안 해도 너무 안 해요."

구가 말했다.

"정말 그래요."

나는 적당히 맞장구를 치면서 모 단체의 김 회장 얘기를 꺼냈다. 상공회의소 행사장에서 만난 그녀는 광고를 줄 테니 자신의 사무실에 오라고 먼저 말해 놓고도 전화를 받지 않았다. 오늘도 연락이 되지 않아서 문자를 넣었지만 답이 없었다. 그런저런 말을 하자 구는 김 회장은 원래 그렇다면서 자신이 회사를 찾아가겠다고 말했다.

"광고하려면 말이죠. 길거리에서 먼지가 날리는 곳을 찾아다녀야 해요. 업주들은 할 수 없이 광고를 주는 거죠. 기자는 그런 일로 미안하다고 생각하면 안 돼요. 왜냐하면 그들은 불법으로 돈을 벌고 있으니까요. 신문사들도 그렇게 해서 광고를 받을 겁니다. 하긴 요즘에는 세상이 투명해져서 그것도 쉽지 않겠지만."

구가 마치 무용담처럼 말했다.

"정주일보 김 기자가 그러다가 고소당했잖아요."

성이 말했다.

"어쩌다가요?"

김 기자라면 나도 알고 있었다. 은양 토박이였다.

"택지개발 하는 건설회사에 대해서 기사를 썼어요. 모종의 커넥션이 있다는 음모론을 펴면서 말이죠. 왜 그랬겠어요? 뻔하죠. 광고를 받기 위해서죠. 건설회사가 신문사를 고소했어요."

구가 대답을 하면서 원래 택지개발이 안 되는 땅인데, 시장이 허가를 내줬다면서 정경유착 작품이라고 했다.

"그냥 내줬겠어요? 그걸 김이 파헤친 거죠. 그런데 되려 그를 고소하다니. 나쁜 놈들이에요."

구가 말했다. 목소리가 쩌렁쩌렁 울렸다. 사람의 몸에서 어떻게 그런 큰 목소리가 나올 수 있는지 가끔은 의아했다.

"민 기자님도 광고하는 법 좀 배우세요. 어딜 가서 광고를 내렵니까, 하고 물어보면 안 됩니다. 당연히 안 낸다고 하죠. 끝까지 안 내요. 병원이나 미용실, 도서관 등 어딜 가도 있는 게 잡지예요. 두고두고 보기 때문에 효과도 높아요. 그런 점을 부각해야죠. 사장님, 그러지 말고 내쇼, 라고 졸라요. 그러다 보면 광고를 내죠. 그러니까 졸라서 받는 거죠. 그리고 광고를 내면 좋은 점을 설명하는 거예요. 그래도 끝까지 안 한다고 하면 지역발전 운운하는 거죠. 그래도 필요 없다고 얘기할 거예요. 그럼, 우리 잡지가 돈 받고 지역 기사 씁니까? 돈 안 받고 하죠, 하고 큰소리 팡팡 치는 거예요. 홍보 효과가 크다면서요."

구는 또 광고 얘기를 꺼냈다. 머릿속에 '광고'라는 글자가 커다랗게 박혀 있어서 틈만 나면 꺼내는 것 같았다.

"여자가 조르면 남자가 쪽팔리게 빼기도 그렇고 해서 내주기도 해요. 이러다가 회사가 문 닫을 수도 있어요. 은양에 언론은 꼭 있어야 해요. 지역발전을 위해서요. 아무튼 지역민을 위해 봉사한다는 마음으로 해야, 그런 마음을 먹어야, 광고주한테 가서 부탁해도 미안해하면서 부탁하는 것이 아니라 너희들 좀 내놔, 우리도 봉사하는데, 라는 식이 되죠. 그럼, 딱 거절을 못 할 겁니다. 왜냐하면 수틀리면 깔 수도 있다고 생각하기 때문입니다."

그는 맥주를 한 모금 마시고 난 뒤 다시 말을 이었다.

"저도 광고주를 조를 때가 많아요. 정 급할 때는 찾아가서 사장님 광고 좀 합시다. 돈 벌잖아요. 이참에 좀 푸세요. 이것 좋은 일 아닙니까. 보험처럼 입에 똥

냄새가 날 정도로 말할 필요는 없고 봉사단체처럼 말해야 합니다. 쩔쩔매면 돈을 안 줍니다. 차를 몰고 가면서 유심히 보세요. 불법이 많아요. 불법으로 달아낸 건물도 많고. 그런 것도 한 번 취재해 봐요."

구는 말을 쏟아 냈다. 그동안 하고 싶었던 말을 한꺼번에 다 하는 것 같았다. 그의 말을 귀담아들었다. 술자리가 깊어지면 그는 본심을 솔직하게 드러내곤 했다. 오늘이 그런 날이었다.

"일단은 까야 합니다. 까면 광고가 들어와요. 지금까지 잘 지내고 있는 광고주들은 대부분 처음에 갈긴 작자들입니다. 똥이 무서워서 피합니까, 더러워서 피하죠. 광고도 마찬가지입니다. 기자가 마음에 들어서 주겠습니까? 아닙니다. 까니까 더러워서 주지. 좋게 말해선 인간들이 광고를 주지 않아요. 당당하게 광고 받아요."

구가 말했다.

"그러게 말이에요."

성이 맞장구를 쳤다.

"대기자님의 말씀, 깊이 새기겠습니다. 그런데 정주일보는 어떻게 되나요?"

나는 쓰레기 산 기사도 허이재가 고소할 수도 있겠다는 생각이 들었다.

"그거요? 언론중재위원회에서 중재하겠죠. 벌금을 내거나 사과문을 신문에 게재하거나. 저도 기사 때문에 고소를 당한 적이 있었는데, 5천만 원 벌금이 떨어졌어요. 사과문을 게재하는 걸로 해결했어요."

구가 말했다.

"그러니 성 기자도 걱정하지 마."

성이 건축회사의 산단 개발 기사를 쓰면서 사실과 다르게 썼다고 언론중재위원회에 고소당한 것을 두고 한 말이다.

"저도 걱정 안 합니다."

성이 말했다.

"그래, 그 정도는 아무것도 아니야."

구는 모 신문사의 누구는 한 번에 광고를 1억씩 가져오다가 내사를 받고 교도소에 6개월 들어가 있었다는 둥 누구는 뭐 어쨌다는 둥 자신도 내사도 받고 한 달 동안 조사를 받았다는 둥 말했다. 거침이 없고 당당하다. 거짓도 위선도 없다. 그렇게 있는 그대로 털어놓는 구의 배짱이 나는 가끔 부러웠다. 그는 자신을 위장하지 않았다. 설령 잘못된 일이라고 해도 솔직하게 털어놓았다.

우리는 생맥주집에서 나왔다. 입가심으로 맥주 한

잔만 더 하자면서 구가 말했다.

"그래요. 죽기 아니면 살기입니다."

성이 호기롭게 말했다. 어떻게 할까, 망설이면서 그들의 뒤를 따라갔다. 도로변에는 택시들이 일렬로 서 있고 사람들은 거의 보이지 않았다.

"그런데 정말 기자 짓도 못 하겠어요. 돈은 쥐꼬리만큼 버는데, 일은 많고. 잡지 구독도 안 해요. 누가 요즘 잡지를 보느냐고 하면서."

길을 걸어가면서 성이 불만을 토했다.

"기자는 기사를 잘 쓰면 돼. 잡지를 잘 만들면 인지도가 높아지고 자연히 구독도 광고도 따라오게 되어 있어."

구가 성을 다독거렸다.

"지당한 말씀입니다. 기자 역할이 뭡니까. 기사를 잘 쓰는 거죠."

성이 말했다. 나는 영화 〈마션〉을 떠올렸다. 오래전에 봐서 기억이 잘 나지 않지만 화성에서 살아남기 위해 마크는 치밀하게 계획을 세웠고 행동으로 옮겼다.

'마크처럼 행동해야 해. 이 척박하고 살벌한 지구에서 살아남으려면.'

'쓰레기 산 기획 기사를 완성했는데요.'

나는 입안에 맴도는 말을 뱉어낼까 말까 숙고하다가 포기했다. 괜히 좋은 분위기에 찬물을 끼얹고 싶지 않았다. 한 번 더 손을 봐서 그냥 웹하드에 올려야겠어.

4부
대적하다

1

"건설회사에서 며칠 뒤 광고 시안을 보내 주겠다고 하네요."

구가 건설회사에 전화를 걸더니 말했다. 어제부터 건설 광고가 안 들어온다고 내내 투덜거리면서 은근히 불안해하던 그의 얼굴이 조금 편안해 보였다.

"뭐, 할 수 없지. 잡지야 늦추면 되고."

백 주필이 말했다. 예정대로라면 이번 주 목요일까지 편집을 끝내고 교정을 보고 판을 넘겨야 했다. 또 편집이 밀렸다. 무슨 일이 있어도 잡지 나오는 날짜만은 지켜야 한다면서 언성을 높이던 구는 언제부터인가 유동성 있게 잡지를 인쇄하자면서 슬쩍 의견을 바꿨다. 아무도 그 일을 언급하지 않았다.

"그래도 편집과 교정은 예정대로 합니다. 광고가 들어오면 바로 싣고 판 넘기게요."

구가 주위를 둘러보며 말했다.

"네."

성이 목소리에 힘을 주어 말하고 정은 말없이 컴퓨터 화면을 보면서 마우스를 만지작거렸다. 웹하드에 기사를 다 올린 손은 늦추니 좋네, 광고나 해야겠어, 다녀오겠습니다, 하고 큰 목소리로 말한 뒤 밖으로 나갔다.

나는 쓰레기 산 기사를 검토했다. 인터넷 매거진에 게재한 정 회장의 인터뷰 기사는 다시 정리해서 웹하드에 올렸고 맛집 기사도 웹하드에 올려놓았다. 쓰레기 산만 올리면 내 할 일은 끝난다. 주로 인터뷰와 탐방, 맛집 등의 기사를 쓰던 내가 쓰레기 산 기사를 썼지만 이미 회의 때 제안한 것이었다. 분야는 정해져 있지만 때에 따라서 구획에 상관없이 넘나들면서 기사를 쓰는 터라 구가 게재하지 않을 리 없겠지만 그래도 마음 한쪽이 불안했다. 미리 구에게 기사 내용을 보내야 하는데, 그것도 생략했다. 결정적으로 구가 게재를 안 한다고 해도 할 말이 없다. 만약에 그러면 인터넷 매거진에 바로 올리기로 나름대로 계획을 세웠다. 인터넷에는 잡지와 달리 자유롭게 기사를 올렸다. 그동안 쓰레기 산 기사를 쓰는 틈틈이 SNS에 쓰레기 산 사진을 올리고 간략하게 몇 줄 쓰고 있는데도 구도 백 주필과 성도 그에 대해 일절 말하지 않았다. 마치 동시에 입을 다물자고 약속이라도 한 듯 침묵을 지켰다. 백 주필은 SNS를 안 하지만 구는 눈팅을 하고 성은 페이스북과 인스타그램 친구였다. 분명 페이스북에 쓰레기 산에 대한 글이 올라온 것을 봤을 테고 취재한답시고 여기저기 들쑤시고 다니는 것도 당연히 알고 있을 것이다. 그런데도 왜 말들이 없는지 알 수 없지만 나로선 다행이었다.

르포냐, 기획이냐.

어느 쪽이 설득력이 있을까 고민하다가 스트레이트 기사를 메인으로 취재한 것을 정리해서 썼다. 허이재는 취재하지 않았다. 쓰레기 산에 대한 인터뷰를 검토했지만 허이재 얼굴을 볼 자신이 없었다. 18년간 아무렇지 않게 독소 품은 쓰레기 산을 만든 그를 대면한다고 생각만 해도 가슴이 울렁거렸다. 그를 취재하는 게 쓰레기 산 기사를 쓰는 데 방해가 될 것 같았다. 허이재를 비판하는 문구도 넣지 않았다. 쓰레기 산에 대한 주민들의 생생한 목소리를 담았다. 얼마 전에야 인지한 것이지만 의외로 나는 소심했다. 무엇을 지향하고 있는지, 무엇을 원하고 있는지가 명확하지 않았다. 의지대로 밀어붙인 일도 없었다. 세상 논리에서 크게 벗어나지 않는 범위 내에서 행동했다. 위험하다 싶으면 아예 시도조차 하지 않았다.

그런 내가 지역주민들도 내버려두고 있는 쓰레기

산을 건드리고 있다. 어쩌면 거대한 바위에 달걀을 던지는 격으로 아무런 성과도 내지 못하고 지나갈 확률이 높았다. 그런데도 기를 쓰고 덤벼들고 있다. 쓰레기 산을 없애야 한다는 마음은 시간이 갈수록 커졌다. 왜? 의문이 들었다.

"웹하드에 삼일건기 기사도 올릴까요?"

마침내 구에게 물었다.

"아, 그거요. 일단 내 메일로 보내 주세요. 내가 손 좀 봐서 올릴게요."

구가 단조로운 음성으로 말했다. 가타부타 말도 없는 그의 태도가 의아했다. 뭔가 꿍꿍이속이 있는 것 같은데, 정확히 손에 잡히지 않았다. 기사 게재 확답을 받을까 말까 고심했다. 명색이 대표이고 편집장이다. 자신의 말에 책임을 지겠지. 나는 불안을 애써 밀어내며 그동안 취재한 기사와 사진을 그의 메일로 보냈다.

회식을 했다. 모처럼 술자리에 참석한 정이 제조한 소맥은 술술 목구멍으로 넘어갔다. 연거푸 몇 잔이나 마셨다. 어쩐 일인지 정은 2차, 3차까지 따라붙었다. 권하는 대로 술을 받아 마시는 정을 보면서 술에 의존해서 살던 시간을 떠올렸다. 술을 마시지 않고서는 도무지 견딜 수가 없었다.

“기후변화를 일으키는 온실가스와 원자력발전 과정에서 만들어지는 방사성 물질도 쓰레기라고 하네요.”

나는 고개를 들고 말했다.

“정말, 쓰레기 문제가 심각해요. 택배회사에 물량이 넘쳐 나고 있어요. 그게 다 쓰레기죠. 소비를 많이 한다고 좋은 건 아닌 것 같아요.”

정이 말했다.

“엄연히 따지면 인간 생존과 안전을 위협하니 쓰레기죠. 요즘 사람도 돈이 없으면 쓰레기로 취급받고 버려지죠.”

성이 말했다.

“하긴 그렇겠네요. 생명의 가치를 소중히 여기기보다는 돈과 물질의 논리를 앞세우는 세상이니, 소비되어 쓸모가 없는 인간을 쓰레기로 치부하죠.”

정이 자학하듯이 말했다.

“무슨 일 있어?”

나는 정에게 걱정스러운 목소리로 물었다.

“네. 6년간 사귄 남자친구와 며칠 전 헤어졌어요.”

정이 무덤덤한 목소리로 말했다. 의외였다. 늘 새침한 표정으로 있던 그녀였다.

“그래? 6년간 만났으면 헤어질 때가 되었네.”

나는 정의 술잔에 소주를 부어 주면서 말했다.

"왜 헤어졌어?"

성이 궁금한 듯 물었다.

"감정이 사라졌다면서 그냥 친구로 남자고 하더군요."

정이 말했다.

"뭐야? 그런 말을 하다니. 오히려 잘됐네요. 전화위복이라고 생각해요. 더 좋은 짝을 만날 기회가 주어진 거죠."

조가 안쓰럽다는 듯 말했다.

"그게 사실이면 다행이죠. 감정이란 흘러가는 것이니까 뭐라고 할 수 없죠. 진짜 이유는 따로 있어요. 같은 직장에 다니는 여자를 만났나 봐요. 소문을 듣자니 곧 결혼한다고 하더군요."

정이 말했다.

"그런 인간은 잊어버려. 어차피 사랑도 비즈니스야. 시대가 변하면 사랑의 개념도 변하기 마련이야. 적응해야지. 어쩌겠어."

성이 말했다.

사랑의 개념도 시대에 따라 변한다? 나는 진영을 떠올렸다. 사랑도 끝이 있고 그 끝에 놓여 있을 감정이 두려웠지만 그에게 집중했다. 시간이 가면서 조금씩 변한 것은 몸과 마음이었다. 일상의 선택이 몸과 마음을 변화시키고 관계를 변화시켰다. 그런 와중에 나는 신제품 홍보 공모전에 자연 이미지 제안서를 냈고 그 일에 온 열정을 다했다. 그런 과정에 진영이 있었나. 갑자기 코너에 몰리고 있다는 그의 근황도 궁금했다. 그러고 보니 진영하고도 통화한 지 꽤 오래되었다. 화장실에 가면서 진영에게 전화를 걸었다. 받지 않았다. 진영에게서 전화가 온 것은 집에 들어가서 양치질을 하고 있을 때였다. 진영은 회사에 휴가를 내고 청도의 집에 있다면서 한 번 시간 내서 놀러 오라고 말했다. 청도는 왜? 의문이 들고 이어 불길함이 몰려왔지만 그래, 알았어. 하고 간단하게 말했다.

***

웹하드에 들어가서 기사를 검색한다. 1면에는 구가 쓴 기사가 올라가 있다. 구는 쓰레기 산 기사를 1면에 내겠다고 분명히 말했다. 한 면 한 면 클릭했다. 60면까지 클릭해도 쓰레기 산 기사가 보이지 않았다.

"웹하드에 쓰레기 산 기사가 안 보이네요. 어떻게 된 거예요?"

구에게 물었다.

"아직 안 올렸어요. 손을 좀 봐야 할 것 같아서요."

구가 변명했다.

"그러면 나한테 미리 말해 줘야 하는 것 아니에요?"

나는 벌컥 화를 냈다. 우려했던 일이 벌어졌다.

"아직 그런 기사 쓰려면 멀었어요. 그렇게 쓰는 게 아니에요. 제가 좀 고쳐서 낼 게요."

그가 살살 말했다.

"정말, 낼 거죠?"

나는 확인을 했다.

"네."

나는 더는 말하지 않았다. 기사를 싣고 안 싣고는 구의 권한이었다. 그리고 사무실 분위기도 생각해야 했다.

"이번에 잡지 4천 부는 사람을 써서 돌립니다."

구가 말했다. 잡지가 나오면 시청과 주민센터, 은행, 보건소 등등 공공장소와 상가에 갖다 놓았다. 처음에는 사람을 사서 하다가 요즘은 구가 직접 했다. 잡지가 나오면 며칠은 돌리느라 바빴다. "힘들지 않아요?" 하고 물으면 "운동도 하고 좋아요." 하고 그는 대답했다.

"기사를 고치면 나한테 보내 주세요. 제가 한 번 읽어 보게요."

"그럴게요. 주민들을 담보로 잡고 돈이나 버는 인간은 가만히 두면 안 돼요. 은양의 유일한 잡지인데 우리가 안 하면 누가 해요."

구는 큰소리를 쳤다.

"점심이나 먹을까요?"

구에게서 문자가 왔다.

"네."

뭔가 있나. 왜 갑자기 점심을 먹자고 하는지 의아했지만 순순히 대답했다. 어쨌든 만나 보면 알 것이고 만약에 술수를 부린다면 그냥 넘어가지 않겠다고 단단히 결심했다.

"기사는 어떻게 하고 있나요?"

밥을 먹으면서 나는 조심스럽게 운을 뗐다.

"지금 취재 보강하고 있어요. 출장소 소장도 만나고 지역유지들도 만나면서 의견을 듣고 있어요. 소장은 아파트 단지에 주민들이 입주하면 그들이 민원을 넣을 테고 그걸 가지고 기사를 쓰면 어떻겠냐고 말하더군요."

구가 설명하듯이 말한 뒤 말없이 숟가락질만 했다. 평소 같으면 거침없이 말을 쏟아 내는 위인이었다. 대체 이건 뭐지? 구의 행동을 두고 상황을 짜맞추기 시작했다. 이번 잡지에 기사를 싣지 않겠다는 건가.

나는 어떻게 해야 할지 머리를 굴렸다. 생각들이 복잡하게 엉켰다.

"한 가지 궁금한 게 있어요. 그린워싱 광고 때문에 회사를 그만뒀다고 했잖아요. 혹시 그것 말고 다른 게 있나요?"

밥을 먹다가 말고 그가 물었다. 갑작스러운 물음이었다. 왜 그런 말을 하는지 얼른 파악되지 않았다.

"아뇨. 그런 것 없어요."

나는 단호하게 말했다. 안 그래도 나 자신에게 궁금했던 점이다. 가슴속 깊이 묻어 둔 비밀처럼 내 안에 검은 어둠에 가려져 있는 트라우마가 있나? 나 자신도 알지 못하는 뭔가가 있나? 내 행동을 나 자신도 알 수 없을 때 묻곤 했던 질문이다.

"그런데 그런 말을 왜 하는 거죠?"

"그게 말이죠. 민 기자님을 보고 있으면 그런 생각이 들어서요. 쓰레기 산에 집착하는 것도 그렇고."

"그런 것 없어요."

나는 명확하게 말했다. 그리고 고개를 푹 박고 숟가락으로 밥을 푹 떠서 먹었다. 밥은 찰지고 고소했다. 다른 반찬은 손대지 않고 밥만 먹었다. 며칠 전의 일을 떠올렸다. 평소 아버지 서재에 거의 들어가지 않왔다. 침대에 누워 무슨 생각을 하다가 깜박 잠이 들었고 깨어나니 어둑어둑했다. 전원 스위치를 누르자 집안 모습이 드러났다. 냉장고에서 생수를 꺼내 마시면서 오도카니 문이 닫혀 있는 서재를 바라보았다. 저 문을 열면 무언가 있을 것 같은 느낌이었다. 서재에 들어갔다. 엄마는 아버지가 언젠가 돌아올 거라고 믿었는지 아버지 물건들은 하나도 버리지 않고 보관하고 있었다.

책상 서랍장을 열어 보았다. 노트와 사진첩, 상자가 가지런히 정리되어 있었다. 사진첩의 사진을 보다가 상자를 열었다. 노트가 몇 권 있었다. 읽어 보니 아버지는 회사에 다닐 때 무슨 연구인가를 했다. 그것이 잘못되어 사람이 죽었고 아버지는 지리산으로 들어갔던 것이었다. 글은 그 일에 대한 죄책감으로 괴로워하는 내용이었다.

연구를 검색했다. 파고들어 가다가 아버지에 관한 기사를 발견했다. 아버지가 관련된 그 일을 젊은 기자 세 명이 기획으로 다루면서 세간에 널리 알려졌고 잊을 만하면 또 꺼내는 기사가 되어 있었다. 지난 시간이 줄줄이 이어져 나왔다. 아버지가 회사를 그만둘 무렵을 떠올렸다. 생각이 나지 않았다.

그런데 구가 그것을 간파했나. 아버지의 과거와 지

금의 내가 무슨 연관성이 있나. 아버지와 나를 한 번도 연결한 적이 없었다. 거기에 답이 있었나. 고개를 들었다. 대문 너머 바다가 눈으로 들어왔다. 파도가 손에 손을 잡은 듯, 긴 나선형으로 줄을 선 듯, 하얗게 몰려왔다. 몇 달 전, 포구에 바람 쐬러 왔다가 발견한 이 식당은 가정집을 개조했지만 바닷가의 번듯한 건물 식당보다 훨씬 전망이 좋고 분위기가 좋았다. 꽤 넓은 마당 한쪽에는 철마다 꽃이 피는 화단이 있고 몇 마리의 닭이 놀고 있는 닭장이 있고 테이블과 의자도 서너 개 놓여 있어 여름엔 커피를 마시면서 쉴 수도 있다. 한적하고 분위기가 좋아 가끔 오는 곳이었다.

나는 주인에게 동동주 한 병을 주문했다. 머릿속이 서걱거렸다. 생각들이, 감정들이 모두 바늘이 된 것처럼 날카롭게 부딪쳤다.

"왜, 술 마시려고요?"

"네. 기분이 좀 그래서요."

"저는 못 마셔요. 운전해야 하니까."

"네, 알고 있어요."

나는 주인이 갖다 놓고 간 동동주를 마셨다. 서너 잔, 연거푸 단숨에 들이마셨다. 취기가 살짝 올랐다.

"사람들이 왜 술을 마시는지 그 이유를 알 것 같

아요."

나는 불쑥 말했다.

"이유?"

"네, 술을 마시지 않으면 마음이 부대끼니까, 괴로우니까요."

나는 말했다.

"그럴지도 모르지요."

그가 말했다.

"요즘은 하루하루 전쟁을 치르는 것 같아요."

나는 말했다.

"사는 게 전쟁이지 안 그래요?"

그가 말했다.

"자신이 원하지 않은 일로 지옥 같은 삶을 살 수도 있죠."

"아무튼 쓸데없이 나서지 마세요."

그가 말했다.

"뭘 나선다고."

나는 낮은 목소리로 중얼거렸다. 뒷말은 삼켰다.

"잘 몰라서 그러는데, 보이는 게 다가 아닙니다."

나는 의아한 눈빛으로 그를 바라보았다. 분위기가 딱딱해졌다. 갑자기 구토가 치밀어 올랐다. 화장실에서 손가락을 입안에 넣고 토했다. 누런 물이 나올 때까지 토했다. 속이 약간 나아졌다. 손으로 수돗물을 받아서 입안을 헹궜다.

저녁에 간단하게 회식을 했다. 저녁을 먹고 나와 구, 성은 2차로 포장마차에 갔다. 야외에서 앉아 술을 마셨다. 술병이 수북하게 쌓여 갔다. 다양한 각도에서 펼쳐지던 화제는 업무로 이어졌다.

구는 술버릇이 있었다. 술에 취하면 오래전의 이야기를 씹고 또 씹었다. 아니나 다를까 그는 평소 100만 원짜리 광고를 주는 단체에서 30만 원 광고를 받아 온 것을 가지고 물고 늘어졌다. 내가 들어와서 물을 흐려 놓았다느니, 그렇게 할 거면 광고를 하지 말라느니 등등 말의 수위가 조금씩 높아지기 시작했다.

그 단체 회장과 구는 무슨 일로 사이가 벌어졌고 그곳은 구가 나에게 광고하라고 넘겨준 곳이었다. 이전에도 광고 30만 원을 받은 적이 있었다. 그 일의 전후 관계를 설명해도 구는 듣지 않았다. 그보다 구는 지금 의도적으로 나를 물고 늘어지고 있었다. 더는 견딜 수 없었다. 참고 참았던 분노가 한꺼번에 폭발했다.

쨍!

나는 바닥에다 소주병을 내리쳤다. 소주병이 깨지

면서 병 조각들이 사방으로 튀었다. 주변 테이블에 사람들이 없는 것을 보고 내리친 소주병이었다. 소주병을 한 개 더 바닥에 내리쳤다. 쨍, 날카로운 소리가 주위에 울려 퍼졌다. 이래서 사람들이 병을 이렇게 깨는구나. 술병을 깨서 상대를 찔렀다느니, 패싸움을 벌였다느니 그런 말들이 이렇게 해서 나오는구나.

소주병을 깬 것은 그를 겁주기 위해서가 아니라 마음에 쌓여 있는 것들을 불식시키기 위해, 속에서 부글부글 끓고 있는 감정을 한꺼번에 분출하기 위해, 용기를 내기 위해서였다.

"지금 쓰레기 산 기사 때문에 그러는 것 알아요. 그 기사 안 실으려고 그러잖아요. 고생해서 쓴 기사를 넘겨 줬더니. 지금 뭐 하는 겁니까?"

나는 그동안 꾹꾹 눌러 담았던 말을 꺼냈다.

"여기서 이러면 안 돼요."

구가 갑자기 온순하게 말했다.

"더는 거짓말하지 마세요."

그를 노려보았다.

"대표님이 일부러 그러는 것도 아니고 뭔가 생각이 있겠지요."

성이 나를 만류했다.

"성 기자는 나서지 마세요."

나는 냉정하게 말했다.

"오늘 결판냅시다. 어떻게 하겠다고요?"

구를 쏘아봤다.

"제가 보강해서 낸다고 했잖아요."

"웃기지 마세요. 사람 바보 만들지 마세요."

나는 단호하게 말했다.

만약에 술을 마시지 않았다면 그냥 넘어갔을 것이다. 나는 구와 팽팽하게 대치했다. 적군이 따로 없었다. 구는 평소에도 번번이 태클을 걸었다.

"비열한 행동 하지 마세요. 편집장이면 편집장답게 행동하세요. 기사를 안 싣는 이유도 확실하게 말해주고요."

나는 말을 어금니로 잘근잘근 씹듯이 말했다. 구가 말없이 내 얼굴을 빤히 바라봤다. 기가 죽었나? 쉽게 기가 죽을 인간이 아닌데. 왜 행동을 취하지 않는 거지. 왜 말을 하지 않는 거지. 나는 속으로 생각했다.

성이 빗자루와 쓰레받기를 가져와서 병 조각을 담았다.

"여기서 이러시면 안 됩니다."

포장마차 주인이 주변을 둘러보더니 한마디했다.

"죄송합니다."

나는 고개를 숙이면서 말했다.

"이러다가 큰일납니다."

성이 자리를 정돈했다. 잠시 뒤 아무 일도 없었던 것처럼 술자리가 이어졌다. 구는 성에게 술을 따라 주고 자신도 한 잔 따라서 마셨다.

다음 날 새벽, 나는 꿈을 꾸었다. 광맥을 찾고 있었다. 다른 사람들도 찾고 있었다. 나는 그것이 있을 것만 같은 곳을 직감적으로 알았다. 폭발물을 설치했다. 펑, 불꽃이 일어났고 구멍이 났다. 광맥이다! 소리를 지르면서 구멍을 들여다보려는 순간 잠에서 깼다. 꿈을 깨고 나니 정말 가슴이 후련했다. 쌓이고 쌓였던 것들이 한꺼번에 날아간 느낌이었다. 매우 기분이 좋았고 아침이 새롭게 다가왔다. 마음이 편해지고 자유로워졌다. 자신감도 생겼다. 술병을 들고 깬 것은 나 자신을 둘러싸고 있던 벽이었나.

다음 날 아침, 나는 회사 대신 지리산으로 향했다. 백 주필에게 몸이 안 좋아서 쉰다는 문자만 보냈다. 몇 년 만에 찾은 지리산 산골 마을은 나무와 잡초가 무성하게 자라 있었다. 산사태가 난 후 할머니 집 자리에는 풀이 무성하게 자라 있었다. 흔적도 없이 사라진 집을 보다가 청도로 향했다.

진영은 얼굴이 야위었지만 표정은 밝았다. 우리는 마당에 내놓은 의자에 앉아서 차를 마셨다. 그가 입은 셔츠의 색은 옅은 분홍색이었다.

"색깔이 잘 어울리네."

그에게 말했다.

"이거, 색깔이 좋아서 샀는데, 한 번도 입지 않았던 거야. 얼마 전 옷장 정리를 하면서 버릴까 하다가 입어 봤어."

진영이 말했다. 목소리도 차분하고 표정도 차분했다. 그 차분함에 깊은 슬픔이 치밀어 올랐다. '정리'라는 말이 심장에 박혔다.

"잡지사 일은 할 만해?"

진영이 물었다.

"일은 그렇게 어렵지 않은데, 광고하는 게 좀 그래. 아스팔트에 꽃을 피우는 기술이 필요한 것 같아. 그것 때문에 대표와 사이도 안 좋아."

"어떻게?"

"뭐랄까, 복잡해."

"그런데 페북에 올리는 그 사진은 뭐야? 정말 그런 게 있어?"

"그래, 건축폐기물을 소각해서 쌓아 놓은 건데, 완

전 산이야. 거대한 쓰레기 산이야."

"그런데도 사람들이 가만히 있어?"

그가 말했다.

"그러게. 18년 동안이나 가만히 보고 있었대."

"왜?"

"한동네 사람이라 안면 때문에 침묵을 지킨 것 같아."

"그래도 그건 아닌 것 같아. 꼭 기사 써."

"그게, 방해물이 좀 있어."

나는 그에게 그간의 일을 차근차근 말했다. 쓰레기 산을 없애기 위해 물밑 작업을 해 왔다는 것, 페이스북에 쓰레기 산 사진을 올리고 미주가 현수막을 달고 연대 작전을 벌인 것, 구가 그 기사를 바꿔 먹을 것 같다는 것 등.

진영은 내 말을 들으면서 노트에 그림을 그렸다. 삼각형 쓰레기 산을 그리고, 쓰레기 산에서 나온 오염물질로 사람이 죽는 장면을 그리고, 쓰레기 산이 거대한 거인이 되어 도시를 파괴하는 모습도 그리고, 쓰레기 산 안에 살고 있는 괴물들이 사람들을 공격하는 장면도 그렸다.

소쩍소쩍… 따따따따…. 어디선가 들려오는 소쩍새와 딱따구리의 울음소리가 귓속을 파고들었다. 어떻게 저런 소리가 나지, 그런 생각을 하고 있는데 진영이 문득 생각났다는 듯 말을 꺼냈다.

"살아간다는 것. 옛날이나 지금이나 비슷하다는 생각이 들어. 생존하기 위해 사냥하면서 살아가는 거지. 지금도 그렇잖아. 선사시대 구석기인이나 우리나 별반 다를 게 없는 것 같아. 다른 것은 주변 상황과 사냥하는 도구와 인식이지."

나직한 그의 목소리는 부드럽고 귀에 착착 감겼다. 나는 구름 한 점 없는 하늘과 투명한 햇빛, 푸른 빛이 떠다니는 숲속에서 살고 있는 생물들을 떠올렸다. 조용조용한 움직임이 마음 깊은 곳에서 일어났다. 무엇인가 조금씩 되살아났다. 나는 간절하게 염원했다.

"저기 하얀 집 있잖아. 저기에다 왜 집을 지은 것인지 모르겠어. 바로 뒤편이 공동묘지였어. 아직 주변에 무덤이 많아."

진영이 말한 하얀 집은 높은 축대 위에 지어져 있었다.

"그러게. 저 집 때문에 하늘과 산이 보이지 않네."

하얀 집을 보면서 쓰레기 산을 떠올렸다. 왜 쓰레기 산에 집착하는 것일까. 청도에 오면서 내내 생각했다. 평화롭고 한적한 은양이 마음에 들었지만 나와는 연관되는 게 없었다.

은양에서 뭐 하는데?

사람들은 내가 왜 은양의 영세한 잡지사에서 일하는지 몹시 궁금해했다. 그것도 월급을 받지 않고 광고 수당을 받으면서 일한다고 하자 대체 그 짓을 왜 하느냐고 물었다. 그럴 때마다 나는 "그냥" 하고 아주 짧게 말했다. 나도 그 이유를 알 수 없었다.

"H회사 홍보실 직원 모집한다는 소식은 들었어?"

진영이 말했다.

"아니."

"경력직이야. 한번 이력서 내 보는 건 어때?"

"아직."

"나도 회사를 옮길 생각이야. 너도 새로 시작해야지."

"그래도 될까?"

"당연하지. 사람은 누구나 실수할 수 있어. 그걸 털고 일어나는 게 용기지. 넌 광고 만드는 것 좋아했잖아. 지금 하는 일은 재미있어?"

"조금. 적성에 맞는 것 같아."

"그럼, 기자가 천직인 것 아냐?"

"그것까지는 모르겠어. 시간도 자유롭고 그리 나쁘지 않아."

말은 그렇게 했지만 내심 확신이 서지 않았다. 나는 정말 잡지사 일을 좋아하는가. 내 적성에 맞는가.

"사실 술자리에서 친환경 제품이라고 말한 것 나도

개발과의 누구한테 들었는데, 그가 누구인지는 모르겠어. 부정확한 정보를 너에게 말한 것 미안해."

"그거야 그럴 수 있지 뭐. 번거롭다고 확인하지 않은 게 잘못이지."

"왜 나한테 아무 소리 안 했어?"

진영이 말했다.

"어차피 일어난 일, 너까지 엮고 싶지 않았어."

나는 그래도 우린 한때 연인이었잖아, 라는 말을 목 안으로 삼켰다.

"미안해. 너한테 못되게 굴었어."

진영이 말했다.

"살다 보면 그럴 수도 있지 뭐."

나는 길게 한숨을 내쉬면서 말했다.

2

사무실에 들어오는 구의 얼굴이 잔뜩 굳어 있었다. 들어오자마자 소파에 앉더니 A4용지와 펜을 테이블 위에다 놓았다.

"민 기자님, 할 말이 있는데요."

구가 말했다.

"무슨 일인데요?"

나는 고개를 들어서 칸막이 너머 그를 바라보았다. 그의 몸에 날카로운 칼이 있어서 가까이 가면 찔릴 것 같았다.

"일단 여기 와서 앉아 보세요."

그가 말했다. 뭔가 심상찮은 분위기다. 나는 주섬주섬 그의 맞은편 의자에 앉았다.

"삼일건기 기사, 잡지에 내려면 각서를 쓰세요. 기명도 민 기자 이름을 달고요."

구가 A4용지를 내게 보여 주었다. 하얀 종이에 적혀 있는 글자는 기사가 잡지에 나간 뒤 문제가 생기면 전적으로 내가 책임진다는 내용이었다. 잘못되는 경우 내가 몽땅 덤터기 쓰라는 것이다. 나를 협박하는 것인가 기사를 쓰지 말라고 하는 것인가 알 수 없다.

"삼일건기가 소송을 걸 수 있어요. 우리 회사는 영세한 지역 잡지예요. 중앙 잡지가 아니에요. 은양에 발을 못 붙일 수도 있어요."

구는 구구절절 설명했다. 큰 잡지사는 소송을 당해도 변호사가 있어서 견딜 수 있지만 우리처럼 영세 잡지는 어떻게 할 수 없다는 것이다. 순간적으로 머뭇거렸다. 겁이 났다. 이러다가 잘못되면 빚더미에 앉거나 교도소에 가는 것은 아닐까.

나는 주변을 둘러보았다. 백 주필은 아까부터 컴퓨터를 들여다보면서 계속 마우스를 작동하고 성은 기사를 쓰고 있었다. 정은 외근을 나갔고 조도 손님을 만나러 갔다. 백 주필과 성은 구의 말을 분명히 들었을 텐데도 무심한 표정이었다. 자신과 아무런 관련이 없다는 듯 자기 일만 하고 있었다. 내 편은 아무도 없었다. 구는 잡아먹을 듯이 나를 쳐다보았다. A4용지에 적혀 있는 글을 응시했다. 이 세상에 나와 각서만 있는 것 같았다. 글이 살아 있는 것처럼 꾸물거렸다.

"좋아요."

나는 각서에 사인했다.

기사를 다시 썼다. 쓰레기 산이 어떻게 해서 산이 되었는지 그 과정을 썼다. 두 번의 허가가 있었다. 처음부터 산이 된 것은 아니었다. 18년이란 긴 시간에 걸쳐 조금씩 산이 되었다. 애초부터 시작이 잘못된 것이다. 잘못된 선택으로 거대한 쓰레기 산이 된 것이다. 사람들은 그것을 묵인했다. 뒤에서 말은 했지만 대놓고 말을 하지 못했다. 승인 날짜와 용도 변경에 대해서 구체적으로 적었다.

쓰레기를 더 쌓기 위해서 부지확장을 해 달라고 요청한 허이재. 그의 목적은 오로지 돈이었을 것이다.

돈을 벌겠다는 욕망이 어떻게 하면 더 많은 돈을 벌 수 있을까 하는 탐욕으로 변했고 그것이 쓰레기 산을 만든 것이다. 건축폐기물에 오염물질이 있다는 것을 알고 있었을 것이다. 자연을 훼손한다는 것도 알고 있었을 것이다. 그에게 그것보다 더 중요한 것은 자신의 욕망이었다.

쓰고 보니 분량이 제법 되었다. 구에게 기사를 보냈다. 술집에서 그 사건이 있고 나서 구는 약간 순해진 것 같았다. 나를 대하는 태도도 약간 달라졌다. 백 주필과 성과 손에게 기사를 보내 주었다.

"이 기사가 나오면 한바탕 난리 나겠는데요."

성이 말했다.

"민 기자님은 맑은 이슬을 먹고 살았으니… 괜찮을 거예요."

손이 말했다. 백 주필은 아무 말도 하지 않았다. 무덤덤한 표정이었다. 기자는 여우야. 커피를 마시면서 그가 했던 말을 요즘에야 조금 알 것 같다. 무슨 생각을 하는지 도무지 알 길이 없었다. 얼굴색과 눈빛을 봐도 알 수 없다. 구도 마찬가지다. 성도 처음에는 안 그랬는데, 요즘 그들을 닮아가는 것 같다. 그의 순수함이 조금씩 부식되어 가는 느낌이다.

"웹하드에 올리세요."

구가 말했다. 다른 언론매체에 실리지 않은 기사였다. 그동안 쓰레기 산에 대한 기사가 난 곳이 없다. 어쩌면 구에게도 용기가 필요한 일일 것이다. 고민도 많이 했을 것이다. 그래서 고마운 마음이 든다. 어찌 보면 구에게 정의감도 있는 것 같았다. 소외된 약자를 보면 가만히 있지 않고 그에 관련된 기사도 많이 발굴했다.

구의 말이 떨어진 후 나는 다시 기사를 손질했다. 구가 문제로 삼을 만한 내용은 미리 빼놓았는데, 그것을 다시 추가했다. 기사가 난 뒤 내게 뭐라고 하든 그건 그때 가서의 문제다. 이번이 마지막이다. 쓰레기 산에 대한 사람들 생각이 바뀌었으면 하는 바람으로 그간의 일을 세세하게 적었다. 취재하면서 알게 된 것은 쓰레기 산에 대해 모르는 주민들이 의외로 많다는 거였다. 그것이 쓰레기 산인 줄 모르는 사람도 꽤 많았다. 특히 쓰레기 산 뒤편에 있는 사람들은 그것이 무엇인지 잘 몰랐다. 눈으로 봐도 넘어가는 경우가 많았다.

쓰레기는 이미 심각한 재난이 되었다. 인간의 욕망이 쓰레기란 괴물을 만들어 지구를 죽이고 있다. 그것은 어제오늘의 일이 아니다. 아주 오래전부터 조금씩 시작되었고 자연을 훼손해 왔다. 욕망이 점점 커지면서 그것은 은양을, 이 지구촌을 점점 위기에 빠뜨리고 있다. 바이러스가 창궐하고 홍수가 나고 폭설이 내리고 사람이 죽고 있다.

사무실은 폭풍전야처럼 고요했다. 모두 묵묵히 컴퓨터를 들여다보면서 자판을 두드리고 있다. 백 주필, 구, 성, 손, 조, 정. 한 명 한 명 일별했다. 대체 무슨 생각을 하는 것인가. 머리를 굴리고 있나. 내가 가장 싫어하는 문장이었다. 나는 머리보다 마음을 따르는 편이었다. 그런데 이제는 아니었다. 어느새 나도 머리를 굴리고 있었다.

마침내 잡지가 나왔다. 가슴이 뿌듯했다. 기사를 SNS에 올렸다. 기사와 시민들의 목소리를 그대로 담아서 페이스북과 밴드에 올렸다. 은양보다 외부 지역에서 더 관심을 가졌다. 댓글의 내용은 다양했다. 다른 지역에도 은양처럼 쓰레기를 쌓아 놓았는데, 결국 국가의 예산으로 치웠다면서 은양도 시가 적극적으로 행동해야 한다고 말했다. 뜨거울 때 달궈라. 나는 쓰레기 산에 대한 관심을 지속하려면 연타를 쳐야 한다고 생각했다.

"어떻게든 여론화시켜야 해요."

나는 미주에게 말했다.

"방송국에 아는 선배가 있어요. 전화했더니 관심을 보이더라고요. 그래서 자료를 보내 주기로 했어요."

미주가 말했다. 나는 기사와 그동안 취재한 자료들을 그녀에게 보냈다.

"다른 신문에는 쓰레기 산에 대한 언급이 없네요. 그래도 기사 조회 수가 엄청나요."

나는 인터넷에 올린 기사 조회 수를 검색하면서 말했다.

"안 그래도 사람들에게서 전화가 오고 있어요. 난리예요."

미주가 말했다.

이야기하다 보니 어느새 점심때가 되었다.

우리는 근처 코다리찜 식당으로 자리를 옮겼다. 가게에 들어서는데, 아파트 분양사무실의 황과 마주쳤다. 그가 점심값을 내는 바람에 내가 커피를 샀다.

"삼일건기 폐기물은 사람들에게 해롭지 않다고 하던데요."

황이 말했다.

"해롭지 않다고요?"

미주가 벌컥, 화를 냈다. 그녀 반응이 뜻밖이었는지 황이 당황해했다.

"그 근처에 사는 사람이 오염물질은 없다고 해서

전 그런가 했죠."

황은 조심스럽게 말했다. 가능한 한 언쟁에 휘말리지 않으려고 애쓰는 것 같았다.

"사람들이 잘 몰라서 그럴 거예요."

나는 한마디 거들었다. 황은 부산 사람으로 외지 사람이었다. 몇 년 전, 분양에 성공한 아파트 부지에 허이재 땅이 들어 있었고 현재 분양 중인 아파트에도 허이재 땅이 있었다. 황이 허이재를 두둔하는 이유는 아마도 이권 때문일 것이다.

미주는 황을 설득하겠다고 작정한 듯 쓰레기 산이 얼마나 주민들에게 유해한지 조목조목 말했다. 나는 가만히 상황을 지켜보았다. 황과 일행은 미주 말에 고개를 끄덕이면서도 자신의 주장을 굽히지 않았다. 그들은 허이재 편이었다. 그런 그들에게 무슨 말을 해도 먹혀들어 가지 않을 것이다. 언쟁만 벌어지고 에너지만 소모될 뿐이다. 이제 그런 일에 에너지를 소모하고 싶지 않았다. 에너지는 보다 생산적이고 주력인 일에 써야 한다. 만약에 그들 생각을 바꾸려면 확실하고 분명한 증거를 내밀어야 할 것이다.

예를 들면 왜 쓰레기 산이 있으면 안 되는지, 쓰레기 산을 왜 치워야 하는지, 그것이 우리에게 어떤 영향을 주는지, 명확하게 설명해야 할 것이다. 나는 그들에게 뭐라고 말할 것인가. 지금까지 나를 지켜 준 것은 자연이었다. 방학 때 지리산에서 가족들과 보낸 시간, 해와 달과 산과 하늘과 구름, 햇빛, 푸른색 숲과 계곡에서 지낸 시간이 나를 보호하고 지켜 왔다. 은양은 다른 지역에 비해 인구 구성원이 다양했고 농촌에서 도시로 변해 가는 과정에 있었다. 그런 진행에 흔히 일어나는 일이 지금 벌어지고 있다. 바로 자연의 파괴다.

"우리 인간은 비슷하지 않나요. 본질적으로 자기 자신을 위해 살아가죠. 자신의 욕망을 좇으면서 말이에요. 그래도 아닌 것은 안 해요. 쓰레기 산을 만드는 것은 은양 주민들에게 크나큰 피해를 주고 있어요."

미주가 말했다.

"무슨 피해요? 미세먼지요? 검사해 봤나요?"

황의 일행이 말했다. 박박 민 그의 머리가 불빛에 번들거렸다.

옥신각신 말들이 오갔다.

모두 민낯을 드러내고 있었다. 코다리찜을 먹으면서 동동주를 몇 잔 마셔서 그런지 잠이 왔다. 낮술만 마시면 이상하게도 잠이 왔다. 가물거리는 눈으로 그들을 살펴보았다. 그들의 세계는 여태 내가 본 세상과는 달랐다. 미주는 자기 생각을 조리 있게 펼쳤다. 나는 그러지 못했다. 늘 주눅이 들어 있었고 기를 펴지 못했다. 창밖으로 하늘이 보였다. 구름이 빠르게 흘러가고 있었다. 어디로 가는 것일까. 바람에 떠밀려 흘러가는 구름처럼 내 등을 떠밀고 있는 것은 무엇인가. 이렇게 기분이 안 좋은 이유가 무엇인가. 떠밀리지 않으려고 기를 쓰고 살아온 듯한 느낌이었다. 떠밀려서 바닥에 추락했음에도 죽지 않고 살고 있구나.

사랑, 열정, 정념, 광기 등의 단어를 떠올렸다. 꿈인지 현실인지 모를 일들이 선명해졌다가 사라졌다. 목소리가 들려왔다가 사라졌다. 몸이 무거워졌다. 피곤했다. 구두를 벗고 양말을 벗고 두 다리를 쭉 뻗고 편안하게 눕고 싶었다. 하지만 생각뿐이다. 그런 생각도 흘러갔다.

미주와 황은 목소리를 높여 가면서 언쟁을 벌였다.

"그 사람도 사업을 하는 것인데, 남의 사업 망치면 안 되죠."

"그게 다 팔 거라고 하던데."

"그래서 뭐 어떻게 하자는 겁니까."

말들이 와글와글 귓속으로 들어왔다. 사람들의 생각이 어떤 경로를 통해서 형성되는지 갑자기 궁금했다.

3

“현장을 직접 취재했습니까?”

한중간에 앉은 위원장이 서류를 넘기면서 물었다.

“경비원이 가로막는 바람에 직접 확인은 못 했습니다. 하지만 그곳에다 폐기물을 거래하는 제보자한테서 정보를 받았고 정주시 공무원한테 설명도 들었고 자료도 확인했습니다.”

나는 또박또박 말했다. 잔뜩 긴장한 것과 달리 막상 언론중재위원회심리실에 오니 마음은 담담했다. 하지만 목소리가 살짝 떨렸다.

“그것이 환경 피해를 주는지 어떻게 알 수 있나요?”

위원장이 말했다.

“전문가에게 의뢰해서 분석은 하지 않았습니다. 하지만 그것은 건축폐기물입니다. 물론 상품으로 만들어서 파는 것도 있지만 오염된 불순물도 많습니다. 그것은 공기를 오염시킵니다. 아토피, 비염, 천식 등 병의 원인이 되고 사람들 몸으로 침투해서 아프게 합니다. 또한 폐기물을 도심 가까이 산처럼 쌓는 것은 자연을 파괴하는 것입니다. 아름다운 자연을 볼 권리를 빼앗는 것입니다. 누구나 자연이 주는 혜택을 누릴 권리가 있습니다. 그것을 한 개인이 자신의 이익을 위해 막을 권리는 없습니다. 그 누구도 그것을 허락할 권리도 없다고 봅니다."

나는 발음에 주의하며 정확하게 말을 전달하려고 애썼다. 나름대로 준비했다. 예상한 대로 허이재는 언론중재위원회에 중재신청을 했다. 나는 위원장이 질문할 만한 것들의 예상 리스트를 만들고 어떤 질문이 나와도 담담하게 확신에 찬 목소리로 대답할 수 있도록 연습했다. 또한, 건축폐기물에 대한 자료들을 머릿속에 구체적으로 입력하고 조리 있게 말하는 연습을 했다. 그런데 막상 단상 앞에 서니 마음대로 되지 않았다. 감정이 격앙되면서 생각지도 않은 말들이 튀어나왔다. 목소리도 약간 떨렸다. 나는 사람들이 눈치채지 못하도록 단전에 힘을 주었다.

"제가 하는 사업은 합법적입니다. 현재 쌓여 있는 것은 경기가 안 좋아서 내다 팔지 못한 상품이지 폐기물이 아닙니다. 잘 알지도 못하면서 그런 기사를 쓰는 것이 기자입니까? 기자라고 해서 확실하게 조사도 하지 않고 남의 사업장에 대해서 함부로 말해도 됩니까?"

그 틈새를 이용해서 허이재가 쑥 들어왔다. 그는 배속의 힘을 다 끌어모아서 목청껏 말했다. 나중에 발

언할 시간을 줄 테니 조용히 하라는 위원장 말에도 아랑곳하지 않았다. 그의 목소리가 귀를 마구 쑤시는 것 같았다. 나는 깊게 숨을 들이마시면서 마음을 다잡았다.

정신 차리자.

나는 속으로 말했다. 바닥으로 추락하고 있다고 느낀 순간부터 주문처럼 입에 달고 있던 말이었다. 그렇다. 나는 바닥으로 추락했다. 은양에 오기 전부터 추락하고 있었고 어느 순간 바닥에 추락해 있는 나 자신을 발견했다. 언제부터인가 근원을 알 수 없는 두려움에 강하게 사로잡히곤 했다. 무언가가 내 발목을 붙잡고 바닥으로 끌어당겼다. 그것의 정체는 어렴풋했고 명확하게 손에 잡히지 않았다. 그것을 끊어내려고 애썼지만 도무지 끊어 낼 수가 없었다. 그저 안간힘만 썼다.

그것을 인지한 것은 내 생일이었다. 그날, 진영과 저녁을 먹으러 갔다. 질질 끌어오던 관계는 서로 동의하에 끝냈지만 생일이나 특별한 날엔 가끔 밥을 먹었다. 우리는 밥이냐 술이냐 하다가 선술집에서 청주를 마셨다. 처음에는 일상적인 얘기를 하다가 어느 정도 술이 되자 화제는 회사 일로 넘어갔다. 나는 끈질기게 신제품 홍보를 그린워싱으로 몰고 가고 있는

J 유튜버에 대해 말하면서 슬쩍 말을 꺼냈다.

"그날 회식 때 말이야. 왜 아무 말도 안 했어?"

"아, 그거… 틀린 말도 아니고 해서…."

진영의 말에 정신이 번쩍 들었다. 뭐야 이건. 너도 날 그렇게 생각했던 거야. 친환경 제품이라고. 술자리에서 네가 분명히 말했잖아. 입안에 맴도는 말을 꾹 눌렀다. 창밖을 보는데, 순간적으로 바닥을 딛고 있다는 느낌이 들었다. 불빛이 낮게 깔린 거리는 고요했다. 간간이 차가 지나가고 행인들이 다니고 있음에도 이상하게 고요했다. 그 순간 어느새 바닥에 서 있다는 걸 명백하게 인지했다.

여기가 끝일까. 주위를 살폈다. 두 발로 딛고 서 있는 바닥은 단단했다. 그동안 들을 소리 못 들을 소리 들어가면서 꾸역꾸역 회사에 나간 것도, 이미 끝난 관계에도 친구라는 명목으로 진영을 붙잡고 있는 것도 바닥에 추락할까 봐 두려워서였다. 그런데 의외로 마음이 담담했다. 약간 안심도 되었다. 이것은 더 이상 내려갈 곳이 없다는 것을 의미하지 않을까. 하지만 그건 모르는 일이었다. 끝을 본 적이 없으니 여기가 끝이라는 걸 알 수 없었다. 더 내려갈 수도 있다. 어쨌든 바닥은 생각한 것보다 평온했다. 뭔가 있을 것이라고 생각했는데 아무것도 없었다. 소용돌이치는 감정에 사로잡혀 울부짖거나 화를 내거나 비통해하거나 슬퍼하거나 어디론가 도망가고 싶을 정도로 부끄럽고 창피할 줄 알았는데, 아니었다. 오히려 담담했다. 들끓던 감정도 어디론가 사라지고 없었다.

허이재는 그만두라는 위원장의 말에도 아랑곳하지 않고 온 힘을 다 끌어모아서 목청껏 고함을 질렀다. 천장까지 닿을 듯한 목소리가 몸속으로 들어왔다. 목소리가 아니라 독을 바른 바늘 같았다. 내 몸속을 돌아다니면서 마구 상처를 내는 것 같았다. 온 힘을 다해 그의 목소리를 몰아냈다. 귀를 막고 밖으로 뛰쳐나가고 싶다는 생각이 간절하게 들었다. 모든 걸 그만두고 싶었다. 은양 사람도 가만히 있는 쓰레기 산이었다. 내가 가만히 있어도 뭐라고 할 사람은 한 명도 없을 것이다. 무엇보다 힘에 부쳤다.

나는 쓰레기 산을 처음 봤을 때의 느낌을 떠올렸다. 그것은 내 인생을 가로막은 거대한 산처럼 느껴졌다. 만약에 그것을 넘지 못하면 아무것도 할 수 없을 것만 같았다. 나란 존재가 흔적도 없이 사라질 수 있다는 생각이 들었다. 그것을 제거해야만 살아갈 수 있을 것만 같았다. 내 삶의 목표인 양 그것을 치우는 일에 집중했다. 쓰레기 산이 내뿜는 독이 몸속으로 파고들어 병을 만들어도 지켜보고만 있는 자들에게

연민이 느껴졌다. 잡지사를 그만둘 때 그만두더라도 쓰레기 산을 치우고 그만두자고 마음을 다잡았다. 힘을 냈다.

그것도 사업인데, 왜 힘들게 하냐고 허이재가 소릴 질렀다. 얼굴이 붉으락푸르락하고 눈에선 살기가 쏟아져 나왔다. 생존 터전을 잃어버린 짐승처럼 포효했다. 허이재는 그 일 때문에 회사가 손해를 많이 봤다면서 울부짖었다. 도무지 상대할 수 없는 짐승을 마주했을 때 사람들이 느꼈을 두려움을 떠올렸다. 그들은 생존을 위해서 그 두려움을 이겨 내고 짐승을 공격했다.

나는 허이재에게 눌리지 않으려고 마음을 다잡았다. 길길이 날뛰는 그를 상대하려면 나도 강해져야 했다. 나는 단전에 힘을 주고 허리를 꼿꼿하게 펴고 머릿속으로 허이재의 말을 분석했다. 그 이면에 있는 것들을 생각했다. 쓰레기 산 기사가 허이재에게 어떤 영향을 미쳤는가. 그것은 또한 내게 영향을 미쳤는가. 취재하고 기사를 쓰면서 알게 된 것은 그린워싱 사건은 부주의에 기인한 것이지만 근본적으로 무지의 결과였다는 사실이다. 인간이란 존재는 자신의 삶을 위해 원래부터 있어 온 자연이나 관계를 분명히 인지한 가운데 훼손하거나 아니면 알지 못하는 상태에서 훼손한다. 그것도 죄라는 것을, 번거롭다고 사실 확인을 안 하는 것도 무지의 결과임을 절감했다. 더 이상 무지한 인간으로 살고 싶지 않아. 내 안에서 뭔가 솟구쳤다. 대화하고 타협해서 좋게 해결하는 게 능사가 아니었다. 눈에는 눈, 이에는 이였다. 허이재는 자신의 행동에 대해서 책임을 져야 한다 생각했다.

심리가 끝나고 건물 밖으로 나왔다. 차에서 쉬고 있는데, 구에게서 전화가 왔다. 나는 지금은 머리가 아파서 나중에 말하겠다고 했다. 실제로 온몸의 에너지를 집중적으로 사용한 것인지 머릿속이 새하얗고 어질어질했다. 허이재는 소문 그대로 막무가내였다. 말이 먹혀들지 않았다. 18년간 거대한 쓰레기 산을 만드는 동안 그에게 얼마나 많은 일이 있었을까. 아마 상상하지도 못한 일을 했을지도 모른다.

그러니까 쓰레기 산이 바로 그의 내력이었다.

나름대로 차분하게 대답한 것 같다. 구는 언론중재위원회에서 어떤 결과가 나오든 신문에 사과문을 내면 된다고 했다. 신경 쓰지 않는다고 말했다. 나로선 최선을 다했고 할 만큼 했다. 그다음은 언론중재위원회의 몫이다.

4

점핑클럽에서 미주와 나는 허이재 이야기를 한 시간이나 했다.

“허이재를 엘리베이터에서 만났어요.”

미주가 말했다. 허이재의 전 아내가 같은 라인에 살고 있어서 가끔 허이재를 본다면서 자신을 아는지 모르지만 그를 볼 때마다 가슴이 뜨끔하다고 말했다.

“우리가 뭐 나쁜 짓을 한 것도 아닌데. 우리가 치우고 싶은 것은 쓰레기 산이지 사람이 아니잖아요.”

나는 말했다.

“이웃 사람인데 원수가 되는 것은 아닌지 모르겠어요.”

미주가 말했다. 원수라는 말이 귓가에 맴돌았다. 원수가 될 만한 나쁜 짓을 안 했는데 멀어진 사람들을 떠올렸다.

“쓰레기 산 뒤편에 유물이 있다고 하던데, 사실인가요?”

미주에게 물었다.

“저도 그런 말을 들었어요. 허이재가 창고 건물을 짓기 위해 기초 공사를 하다가 유물이 나오는 것을 보고는 바로 시멘트로 덮었다는 말도 있고요. 당연히 그럴 수 있는 인간이에요."

미주가 말했다.

"대체 허이재는 무슨 생각을 하는 것일까요? 쓰레기 산을 물려받은 후손들이 우리를 어떻게 생각할까요."

나는 한숨을 내쉬었다. 결국 그는 변하지 않을 것이다. 개과천선은 하지 않을 것이다. 그의 탐욕은 끝이 없을 것이다. 욕망과 탐욕. 사람이 욕망을 가지고 욕망대로 움직이는 것은 나쁘지 않다. 문제는 탐욕이다.

"아무튼 후손들을 위해서라도 쓰레기 산을 없애야 해요. 쓰레기 산은 흉물이에요. 가면 갈수록 환경에 대한 인식이 달라질 텐데 자연 대신 흉물을 남긴 우리를 뭐라고 생각할까요. 부끄러운 일이에요."

나는 다짐하듯이 말했다.

"나도 그렇게 생각해요."

미주가 말했다.

"환경단체들인가 뭔가 찾아와서 두 눈 뜨고 지켜보겠다고 해서…. 더러워서 사업을 안 하겠다고 하던데요."

구가 말했다. 전국적으로 밤새도록 집중호우가 내렸다. 은양도 마찬가지였다. 쓰레기 산이 무너지지 않을까 불안했다. 날이 밝자마자 쓰레기 산으로 갔다. 다행히 산은 그대로 있었다. 하지만 바로 맨 아래 석축이 무너져 있었고 산 쪽의 흙더미도 무너져 뻘물이 여야강으로 흘러가고 있었다. 사무실에 온 나는 그 광경을 말하면서 허이재가 계속 쓰레기 산을 쌓으면 어떻게 해야 하냐고 했다.

"사람은 잘 변하지 않아요. 지난 18년간 돈을 벌기 위해서 그런 짓을 해 온 허이재가 쉽게 변할까요? 전 그렇지 않다고 봐요."

흙더미가 무너진 쓰레기 산 사진을 페이스북에 올리면서 말했다. 쓰레기 산이 산 밑 아파트를 덮치는 장면을 친환경 포스터로 만드는 것도 좋겠다는 생각이 들었다.

"그런데 민 기자님은 왜 그렇게 쓰레기 산에 집착하는 거예요? 내가 보기엔 그런 쪽과 거리가 먼 것 같은데."

구가 말했다.

"그렇죠. 전 원래 그런 일에 잘 끼어들지도 않아요. 그런데 쓰레기 산은 아닌 것 같아요. 쓰레기 산만 보면 화가 나요. 은양 주민들을 얼마나 우습게 보면 허이재가 저런 짓을 할까요? 잘못된 것은 바로 잡아야죠."

나는 결의에 찬 목소리로 말했다. 지난 시간이 후회스러웠다. 현실을 제대로 읽어 내지 못했다. 구에게 말하지 않은 것이 있다. 자연 이미지 홍보를 제안할 때 내심 욕망이 있었다. 잘해서 인정을 받고 승진하겠다는 욕망. 그 욕망이 진영의 말 한마디에 대뜸 자연 이미지로 뛰어들게 만들었다. 그러니까 쓰레기 산에 분노하는 것은 바로 내 안의 욕망에 분노하는 것이었다. 욕심을 버려야 하는데 버리지 못하는 나 자신에게 분노하는 것이었다. 내 마음을 지배한 건 욕망이라는 쓰레기였다. 광활한 마음 깊이 자리 잡은 검고 검은 덩어리는 욕망이 만들어 낸 쓰레기였다. 그런데 나는 내 안에 그러한 것이 있다는 것도 알지 못했다.

시청 기자회견에 참석했다.

기자회견은 이번에 선출된 모 단체회장의 자격을 두고 일어난 논쟁에 대한 반박문이었다. 회장의 자격에 시비가 붙자 예산이 나오지 않았다. 단체장은 이미 본회에서 회장 자격을 인정받았고 정당하게 회장이 됐다면서 호소했다. 누구 하나의 양보 없이는 해결되지 않을 것 같았다. 팽팽하게 당긴 줄처럼 긴장한 단체장의 얼굴을 보면서 그들이 준 보도자료를 읽었다.

가끔 전화를 주고받는 정주일보 김이 보였다. 그는 내게 가볍게 고개를 끄덕였다. 서울대를 나와 서울에 있는 모 신문사를 다니다가 부모님 때문에 정주시에 내려와 정주신문에 적을 두고 있는 그는 세상 목소리를 글에 담아서 내보내는 것이 기자 역할이라고 말하곤 했다. 내 역할은 무엇인가. 이것도 저것도 아니고 어중간한 세계에서 머물고 있는 듯한 느낌이다. 넌 기자가 아니야. 기자 정신을 가지고 기사를 쓴 적이 있나. 있다. 바로 쓰레기 산. 그러니까 난 기자인가? 사실 아직 한참 멀었다. 예전엔 기자라면 사실을 보도하고 어떤 난관에도 굴복하지 않아야 한다고 생각했다. 왜 그런 순진한 생각을 했는지. 기자는 감옥에 갇혀 있어도 기자 정신까지 가둘 수는 없다는 말처럼, 현실의 벽에 갇혀 있어도 기자 정신은 살아 있어야 한다고 하지만 실제로 가능한 일인가.

인터넷 검색창에 'A 기업의 그린워싱'을 입력했다. 다음 호의 기획기사로 그린워싱을 제안할 작정이다. 내가 겪은 일을 모델로 그린워싱이 사람들에게 어떤 피해를 주는지, 기업은 왜 그린워싱으로 제품을 포장하는지 실태를 파악할 참이다.

한편으로 나는 환경공모전을 준비하기 시작했다. 쓰레기 산을 예술품으로 바꾸는 것이다. 다른 나라의 사례를 보면 충분히 바꿀 수 있다.

연산동 사거리에서 정지 신호를 받고 있는데, 쓰레기 산이 눈으로 들어왔다. 세 개의 산에 둘러싸인 그것은 여전히 위풍당당했다. 이전처럼 가슴이 무거워지지 않았다.

| 해설 |

쓰레기가 되는 삶의 진실

구모룡(문학평론가)

알면서도 행하기 어렵고 알고 싶지 않은 마음이 작동하는 영역이 적지 않다. 습관과 사회적 관행을 따라서 자동으로 움직이고 실행하는 일상화된 행동 양식이 그렇다. 가령 기후 변화를 염려하는 생각을 품고 있으나 기후 파괴적인 생활양식을 바꾸어나가기는 어렵다. 특히 소비에 관한 선택에서 생각과 행동 사이의 괴리와 모순을 피할 수 없다. 탄소 배출을 줄이기 위하여 이동 수단을 바꾸고 비행기 여행을 줄이거나 육식을 금하는 일이 쉽지 않다. 자연과학과 기술이 문제를 해결하기를 기대하는 한편, 근본 원인인 경제와 사회 시스템을 어찌할 수 없다고 체념한다. 또한 당장 눈앞에 할 일을 두고 미래를 걱정할 겨를이 없다고 생각한다. 쓰레기 문제도 분리수거 정도에서 타협점을 찾는 자기합리화 기제에 의존하게 된다. 기후와 마찬가지로 쓰레기 문제는 산업혁명 이후에 전개된 모더니티의 근본적인 모순을 내포하고 있을 뿐만 아니라 마침내 파국으로 가는 방향을 지시하고 있다. 경제적 발전과 사회적 개발은 그 합리성의 포장에도 불구하고 더 많은 쓰레기를 양산하는 형국이다. 증대하는 엔트로피로 마침내 지구 행성이 한계에 도달할 수 있음을 여러 지표가 예고한다. 생태 환경의 훼손, 쓰레기가 되는 삶, 기후 위기는 모두 서로 연결된 현상의 다른 양상들이다.

김서련의 장편 『은양』은 인구 10만의 소도시에서 발생한 쓰레기 문제를 파헤친다. 진실을 추구한다는 점에서 신뢰할 만한 일인칭 주인공의 등장이 효과적이다. 일인칭 시점은 주인공을 통하여 자신의 경험과 깨달음을 폭넓고 진지하게 서술하게 한다. '1부 보이지 않는 것'에서 시작하여 '2부 침묵'과 '3부 욕망의 쓰레기'를 경유하고 결말인 '4부 대적하다'에 이르기까지 소설은 일관되게 일인칭으로 극화한 주인공인 '나'의 눈으로 서술한다. 그런데 '나'의 신원이 잡지사의 기자라는 사실이 서사의 의도와 동력을 더한다. 세상에 대하여 사람들이 알고 있는 내용은 대개 미디어에 의해 형성된다는 점에서 주인공의 위치는 공론장의 문제를 포함하게 된다. 그러니까 이 소설은 쓰레기가 모여 산을 이루면서 여러 가지 환경 파괴를 초래하는 과정을 추적하며 이를 알지 못하거나 애써 간과하거나 덮어두려는 지역 사회의 여러 입장과 시도들과 만나면서 이 모든 현상의 이면에 자리한 진실을 드러내고자 하는 인물의 이야기를 담는다. 이는 한편으로 사실에 근거한 서술이며 다른 한편으로 진실을 찾아가는 주인공의 모험이라는 서사 전통을 계승한다. 진실 혹은 진정성의 추구는 오래도록 주요한 서사의 프레임을 형성하였다. 리얼리즘이나 비판적 리얼리즘이 그렇지만 이보다 가상과 실재의 경계가 허물어지면서 진실의 거처가 더욱 모호해진 오늘의 현실을 대응하는 새로운 리얼리즘이라는 관점이 중요하다. 지난 세기말부터 허구와 사실을 분별할 수 없다는 포스트모던 허무주의가 받아들여지기도 하고 가상을 현실로 이해하려는 경향도 없지 않았다. 하지만 이러한 시대일수록 실재에 가닿으려는 리얼리즘이 새롭게 그 가치가 인식된다. 『은양』은 일차적으로 멀티미디어에 의한 탈진실(post-truth), 탈사실(post-fact)의 현실에 대응하는 실재론(realism)의 의지라는 점에서 의의를 찾는다.

앞에서 말했듯이 『은양』은 일인칭 주인공이 서술하는 구성을 지닌다. 따라서 플롯을 이끌어가는 주체는 주인공이며 그의 정체성과 행동이 사건을 추동한다. 여기에 세 가지 층위가 있다. 1) 잡지사 기자로서 쓰레기 산을 취재하고 기사화하는 과정 2) '그린워싱' 사건과 연인 '진영'의 관계 3) 아버지로 인한 가족사의 트라우마 등인데 이 세 이야기는 서로 연관성을 지니면서 플롯을 형성한다. 이 가운데 주요 플롯은 단연 1)이며 2)와 3)은 부차적이나 주인공의 행위에 수반하는 내적 동인으로 작동한다. 우선 2)는 그린워싱 사건으로 사직한 서울 소재 회사에서 사내 "비밀 연인"이던 '진영'과 헤어지고 만나는 이야기인데 '나'의 현실 인식에 지속적인 영향을 끼친 사건과 서로 연관된다. "전직 기자 출신 J"가 시민의 제보를 바탕으로 "회사 신제품 홍보를 자연 이미지를 남용한 그린워싱"으로 보도한 데서 촉발되어 주인공인 '나'는 일과 사랑과 관계가 붕괴하는 경험을 겪는다. 그만큼 '그린워싱' 사건이 지닌 파장이 크다. 무엇보다 이 일은 광고와 연관한다. 광고는 자본주의의 꽃이라 불리지만 사용가치의 과장으로 욕망을 추동하는 위험을 지닌다. 생태 환경의 위기와 더불어 등장한 친환경 이미지의 과잉 현상도 '그린워싱' 개념이 대두하였듯이 실제 환경 파괴적 내용을 배제하지 못한다. 나중에 주인공이 신제품 홍보물을 만드는 과정에 플라스틱 제품에 관한 자신의 무지가 있었음을 인식한다. 또한 타자에 의해 추동하는 성과 욕망이 자신의 무지를 가린 측면을 이해한다. 무엇보다 고발 방송은 사라지지 않고 인터넷을 떠돈다. 누구 하나 책임을 나누려 하지 않는 관계의 인식에서 주인공은 진정성이 휘발되고 있음을 절실하게 느끼게 된다. 이러한 가운데 '진영'과 '나' 사이의 사랑도 친밀성의 변화를 겪으면서 낭만적 의미를 잃는다. 하지만 둘의 관계는 소설 속에서 중심 플롯의 후경으로 지속한다. 이는 진정성을 추구하는 주인공의 선택과 연관한다.

'진영'과의 사적 관계 그리고 회사원과의 사회적 관계에서 '그린워싱' 사건이 던지는 의미는 주인공의 회심에 상응한다. 이를 계기로 자기를 돌아보고 진정한 관계와 사회적 진실을 숙고하게 되기 때문이다. 3) 아버지로 인한 가족사의 트라우마는 주인공의 내면에 내재한 복합적이고 양면적인 기억이다. 그가 거처한 '지리산'은 자연 속에 위안과 붕괴의 이미지가 있음을 보여준다. 나중에 알게 된 아버지 사건—"아버지는 회사에 다닐 때 무슨 연구인가를" 했고, "그것이 잘못되어 사람이 죽었고 아버지는 지리산으로 들어갔던 것"—은 주인공이 겪은 '그린워싱' 사건과 그 결과의 유해성을 예측하지 못한 점과 언론의 질타를 받은 점에서 유사하다. 대개 이와 같은 혈연적 트라우마의 반복은 '아버지 찾기'라는 서사로 발전하기도 한다. 하지만 이 소설에서 가족사적 트라우마는 아버지의 지리산 거처에 산사태가 나면서 "열다섯 살에 부모님과 동생을 한꺼번에 잃은" 사건에 더욱 깊이 연유한다. 이처럼 주인공에게 '지리산'으로 대표된 자연은 유년의 조화로운 추억과 다른 한편에 붕괴와 상실의 의미를 지니게 되고 그의 내면에서 존재론적 장애 혹은 실존적 장벽으로 남는다. 그런데 이 소설은 이러한 자연과 아버지를 찾아 나서지 않을뿐더러 가족을 재난으로 상실한 자아의 정체성 문제를 집중하는 성장서사로 나아가지도 않는다. 1), 2), 3)의 세 층위에서 작가는 1)을 플롯의 주된 동력으로 삼는다. '은양'이라는 지역(local)에서 발생하는 쓰레기 문제에 내재한 진실을 추적하는 일이 가장 중요한 의도이다. '그린워싱' 사건으로 실직하여 낙향하였고 '은양매거진'에 기자로 활동하면서 자기가 겪은 일에서 비롯한 진실과 거짓, 진짜와 가짜, 앎과 무지 등의 이항 대립적 의식이 진실의 추구라는 지향으로 발전하게 된다. 이는 지역 사실을 구체적으로 드러내고자 하는 기자의 심층취재 방식과 르포르타주가 바탕이 된 글쓰기로 흔히 팩션이라 일컫기도 하지만 여기서 신사실주의(new realism)라 부르고자 하는 경향을 의도한 셈이다.

전통 문법에 익숙한 이들은 2) 혹은 3)을 주요 플롯으로 삼아도 좋았으리라고 생각할 수 있다. 또한 이들이 부차적인 플롯이나 스토리 라인으로 위치하는 일에 불만을 가질 수도 있다. 하지만 작가가 쓰레기 문제를 집중한 일은 복합 위기 시대에 적절한 선택이라 할 수 있다. 따라서 2)와 3)은 1)의 인과관계를 보충하거나 주인공의 성격과 행동의 합리성을 뒷받침한다. 1) 잡지사 기자로서 쓰레기 산을 취재하고 기사화하는 과정에서 플롯을 형성하는 대립과 갈등은 크게 두 가지이다. 그 하나는 주인공이 소속된 잡지사라는 미디어 장치이고 다른 하나는 '삼일건기'와 '사장 허이재'를 둘러싼 지역 사회이다. 미디어 장치는 기술, 생산 조건, 수용 조건, 매체가 하는 기능 등의 사회적 연관성 전체를 내포한다. 신문이나 방송과 다른 위치에 있으나 주인공이 속한 '은양매거진'도 지역을 기반한 종이 잡지로서 특정한 주제를 허용하거나 허용하지 않음으로써 공론장을 형성하는 데 관여한다. 의제 설정과 정보 전달에 있어서 매체가 외부적 영향으로부터 자유롭지는 않다. 특히 독자적인 자본을 보유하지 못한 매체에 있어서 그 지역의 사회적, 경제적 지형과 잡지의 지속성을 보장하는 광고는 중요한 디스포지티브(장치)가 된다. 따라서 기업의 비리를 폭로하려는 주인공 '민 기자'와 광고를 책임지면서 잡지의 편집과 운영을 장악하고 있는 편집국장('구')과의 대립과 갈등은 필연적이다. 이는 선악이나 참과 거짓의 대립이 아니라 제도와 장치의 문제라 할 수 있다. 따라서 일정한 회색지대가 존재하기 마련인데 이를 돌파하여 진실을 공론화하려는 주인공의 정의로운 의지가 가열하다. 이러한 과정에서 일인칭 주인공인 '나(민 기자)'의 시각으로 잡지사 구성원들의 성격이 설명된다. 소설기술에서 장면의 묘사보다 행동의 묘사가 더 힘들다. '나'와 '구'가 의제를 둘러싸고 대립하는 데 광고는 지리할 정도로 거듭 반복되는 갈등 요인으로 나타난다. 의사소통의 문지기 기능(gate keeping)의 주도권을 '구'가 쥐고 있으나 그에겐 외부의 간섭을 피할 수 없는 영세 잡지사의 취약성이 있다. 이러한 가운데 다른 구성원들은 주인공에게 조력, 방해, 회피, 설득 등의 형태로 다가오게 된다. 그런데 이 소설에서 가장 중요한 구성의 층위는 기자인 주인공이 실제로 지역 사회를 통하여 사람을 만나고 그 현장에서 발견한 사실의 서술이다.

『은양』의 1부의 표제는 "보이지 않는 것"이다. 사람은 세계관에 따라서 보고 싶은 것만 보는 '조망적 시점'을 지니게 마련이다. 1부의 1장이 말하고 있듯이

"쓰레기 산"은 "보면서도 보지 못한 것"으로 존재하다 어느 시기에 주인공의 시선에 다가온다. 자신의 신제품 이미지를 그린워싱으로 몰고 간 'J'의 기사가 "가짜와 진짜가 뒤섞인 이상한 모양새의 동영상이 되어 인터넷 플랫폼으로 퍼졌고 쓰레기처럼 쌓여" 가는 때와 맞물린다. 가상공간의 쓰레기가 보이는 마당에서 현실의 쓰레기 산도 뚜렷하게 지각되는 형국이다. 물론 그사이 "쓰레기 산", "정확히 말하면 건축폐기물을 쌓아 놓은 것"이 더 거대해진 탓이다. 이로써 쓰레기 산에 관한 관심이 커지면서 그동안 이상하리만치 기사화되지 않은 "삼일건기에서 쌓은 건축폐기물"을 취재한다. 이 소설에서 구성의 동력은 주인공의 의지적 선택에서 형성되기 시작하며 취재 정보의 양이 늘어나는 한편 이를 보도하지 않으려는 매체 편집자인 '구' 측과 갈등이 고조하면서 상승한다. 유력인사 인터뷰와 '여야강' 수변공원 조성 등을 취재하던 주인공은 '쓰레기 산'을 조사하면서 더 많은 지역 사실을 접하게 된다. 이를 1부에서 3부에 걸쳐서 간추려 순차적으로 나열하면 대략 다음과 같다. ① 삼일건기에서 일어난 이주노동자의 죽음 ② 마창 원룸 지대에 산더미처럼 쌓인 쓰레기 ③ 농공단지와 도로가 건설되면서 해체된 '외산 마을' ④ 쓰레기 산 바로 앞에 들어선 아파트 단지 ⑤ 삼일 건기의 부지 확장 ⑥ 은양의 끄트머리에 있는 한의 생활 쓰레기 폐기장 ⑦ 거대한 쓰레기 생산공장처럼 보이는 재개발 현장인 'ㅎ지역' ⑧ J읍에 있는 '낭산' 폐석산 매립지 등. 이처럼 주인공이 만난 현장은 온통 쓰레기가 만연한 형국이다. 가장 먼저 ③이 말하듯이 전통 마을 공동체가 개발로 해체되고 건설 과정에서 폐기되는 쓰레기가 산처럼 쌓이지만 공단 지역으로 유입되는 인구를 감당할 아파트가 그 앞에 세워지고 원룸 지역에는 동남아 일대에서 이주한 외국인 노동자 주거지가 형성되어 있다. ④의 아파트에는 폐기물 처리장에서 날아오는 먼지로 인한 피해가 만만치 않다. 급기야 도심에서 멀지 않은 '삼일건기'는 ⑤가 말하듯이 합법을 가장하여 부지 확장을 도모한다. ⑥과 같이 은양의 끄트머리에 있으나 생활 쓰레기 폐기장이 만드는 환경오염도 적지 않다. 더군다나 ②에서 이주 노동자들이 무차별적으로 내다 버리는 생활 쓰레기가 산더미를 이루는 상황이다. 마침내 이러한 이주노동자 가운데 삼일건기에서 일하던 이가 쓰레기 더미에 깔려 죽는 사태(①)에 이르렀으니 삶이 쓰레기가 되는 현실이라고 하여도 과언이 아니다. 이 지점에서 이 소설은 지그문트 바우만이 말한 "쓰레기가 되는 삶들"을 환기

한다. 개발과 소비 자본주의가 구축되는 현대화의 과정에서 쓰레기라는 잉여를 피할 수 없었다면 이러한 과정은 세계화라는 더 발전된 형태로 지구적 차원에서 인간을 쓰레기로 만들기에 이르렀다.

주인공 '민 기자'가 삼일건기의 쓰레기 산에 집중하는 연유는 이 모든 사태의 중심에 삼일건기의 '허이재'가 있기 때문이다. 그의 사업은 지역 사회에서 18년간 합법적으로 받아들여질 정도로 공고하다. 인적, 물적, 제도적 네트워크의 반석 위에 굳건한 성채를 구축해 왔기 때문이다. 따라서 주인공의 선택과 실천에는 많은 장애와 방해가 대두할 수 있다. 반대로 유력한 협력자와 조력자가 등장하기도 한다. 주인공에게 가장 힘이 되는 협력자는 "미주"이다. 그녀는 공단지역에 살면서 나타난 아이의 아토피 증상을 "천운산 자락에 있는 백동마을"로 이주하여 치유하면서 공기 오염의 심각성을 자각하여 "정치인 사무실에서 일한 경력도 있고 시민단체에서 활동하다가 요즘은 환경단체 일만" 맡은 실천가이다. 그녀는 주인공에게 외국인 노동자의 죽음을 이야기하고 은양에서 발생하는 개발과 환경 오염은 물론 나아가서 지구적 차원에서 진행되는 기후 위기에 관하여 이야기한다. 그야말로 지구적 시각으로 인식하면서 로컬에서 실천하는 활동가이다. 이처럼 이 소설은 로컬을 중심에 두고 스케일을 확장하기도 한다. 기후 위기뿐만 아니라 이주노동자는 전지구적 자본주의의 문제이다. '미주'는 "몇 년 전에도 사고가 나서 그곳에서 일하던 자신의 지인도 토사물이 무너져 반쯤 묻혔다가 살아났다면서 이번이 세 번째 사망자로 모두 외국인 노동자이고 이번에 죽은 사람도 과테말라에서 온 외국인 노동자라고" 말한다. 쓰레기 산으로 유명한 과테말라에서 온 노동자가 한국 은양에서 쓰레기에 깔려 죽는 아이러니가 발생하였다. 이처럼 "미주"는 이 소설에서 중요한 보조 인물이다. 쓰레기 산을 만든 '삼일건기'의 "허이재"는 주인공과 직접 대결하지 않는다는 점(물론 결말에서 열린 언론중재위원회에 등장한다)에서 소설 속의 행위자는 아니다. 구성상으로 주인공에 대한 반대자는 잡지 편집장인 '구'이다. 그는 같은 매체의 내부자이면서 외부의 "허이재"가 벌이는 사업의 합법성을 주장한다. 따라서 그는 '허이재'의 쓰레기 산만큼 "넘어야 하는 거대한 산"이라 할 수 있다. 외부자 가운데 생활폐기물을 처리하는 '한'의 위치가 특이하다. 그는 삼일건기의 '허이재'를 "도심에서 산업폐기물을 처리하는 것은" 아니라는 이유를 들어 비판하며 건설폐기물을 매립하는 과정의 문제점들을 구체적으로 지적한다. “가산자원 사장”도 어느 정도 ‘허이재’에 비판적이다. 하지만 이들이나 “은양외국인센터의 사무실에서 만난 센터장 유경” 등은 어느 정도 타협적인 인물들이다. 여하튼 ‘한’이 지적한 사실들은 재개발 현장 소장으로 있는 “미주의 사촌”이 들려주는 이야기를 통하여 충실하게 보충된다. 소위 리사이클링 산업에 틈입하는 불법적 요소들이 허다함을 알 수 있는데 가장 전형적인 예가 ‘J읍’ 폐석산이라 할 수 있다. 이러한 면담 사실의 누적을 통하여 『은양』은 쓰레기 문제에 관한 총체적인 전망을 획득하며 주인공의 행위에 필연적인 인과성을 부여한다.

이 소설에서 정보의 과잉은 가독성을 줄이는 요인이자 한계로 비칠 수 있다. 하지만 지역 사회와 공론장을 세심하고 구체적으로 그려내려는 의도에서 더해진 세목을 놓치지 않아야 한다. 가령 앞서 언급한 대로 ‘삼일건기’의 편에서 외국인 노동자의 산재 문제를 처리하고 있는 “센터장 유경”처럼 “은양의 터줏대감”인 ‘허이재’의 ‘쓰레기 산’을 옹위하는 세력은 “은양경제인연합회” “정 회장”은 물론 부지 확장의 인허가에 관여하는 공무원 조직에 이르기까지 다양하다. 또한 자본 측의 광고에 혈안이 된 매체 내부의 ‘구’는 다시 말할 필요가 없겠다. 이러한 내외부의 장벽에 맞선 주인공의 진실 추구 과정이 『은양』을 단순한 고발 소설에 머물지 않게 하며 쓰레기 사태에 관한 절실한 문제 제기로 받아들이게 한다. 하지만 이를 욕망론으로 설명하는 데 전적으로 동의할 수 있는 일은 아니다. 쓰레기를 개인의 욕망 충족의 부산물로 보기엔 더 많은 매개가 남아 있기 때문이다. 무엇보다 자본주의적 생산과 소비에 걸쳐서 쓰레기를 만드는 발전 시스템과 현대적 생활양식이 문제이다. 물론 이 가운데 욕망이 중요하게 자리하고 있음이 사실이다.

김서련의 장편 『은양』은 성과사회의 욕망으로 인한 무지를 극복하고 진실을 추구하면서 진정한 관계에 도달하려는 인물이 자기를 찾아가는 이야기이다. 신뢰할 수 있는 일인칭 주인공이 쓰레기가 만연한 세계의 문제를 매우 구체적으로 묘파한 새로운 사실주의 소설의 한 양상으로 자리매김할 수 있다. 자본과 권력이 매체를 간섭하고 광고를 매개로 지배하는 사태에 즈음하여 지역 사회의 이익 동맹과 공론장의 왜곡을 견결하게 비판하였다. 주인공이 잡지사 기자라는 입장에서 서사의 정보 과다는 구체성을 더하는 방편으로 허용되었으며 인물과 지명에 있어 방법적인 명명법을 수단으로 그 성격을 설명하려 하였다. 진실의 추구가 좌절이나 폭력으로 귀결하는 근대 소설과 달리 물음에 관한 답을 지속하는 형식을 선택하여 가짜와 거짓, 가상과 환상이 진실과 참, 현실과 실재를 대체하려는 후기 현대의 삶에서 새롭게 리얼리즘을 가능하게 하는 방법의 탐구로 읽어도 되겠다. 이는 이 소설이 쓰레기가 되는 삶의 진실을 더 궁구하게 만드는 계기임을 의미한다.

작가의 말

아침 6시, 사거리에서 좌회전 신호를 기다리는 중이었다. 문득 고개를 드니 새벽빛 배경으로 희끄무레한 산이 눈앞을 가로막고 있었다. 직진하면 그대로 부딪칠 것만 같았다. 순간 숨이 탁 막히면서 가슴이 철렁 내려앉았다. 뭐지? 민둥산인가. 자세히 보니 산은 아닌 게 꼭대기가 편평했다.

건축폐기물 산이었다.

한적한 소도시 중심에 건축폐기물 산이 떡 버티고 있었다.

지역 언론의 열악한 환경을 배경으로 각자도생하는 인간군상을 그리던 소설은 자연스럽게 환경 쪽으로 흘러갔다. 기후 온난화로 전 세계 구석구석 재난이 일어나고 인권 위기까지 초래하고 있지만 체화되지 않은 분야였다.

첫 장편소설이었다.

정말로 쓰고 싶은 것은 무엇인가. 환경 관련 강의도 듣고 책도 읽으면서 유년기와 청소년 시절을 떠올렸다. 고향인 진영 양지는 삼면이 산으로 둘러싸인 자연마을이었고 앞에는 철로가 가로지르고 그 너머 넓은 들판이 펼쳐져 있었다. 사랑했다. 동쪽 하늘을 붉게 물들이면서 떠오르는 해를 사랑했고 철로에 피어오르던 아지랑이를 사랑했다. 사랑해! 소리 내어 말하면서 자연을 고스란히 가슴에 담았다. 오래오래 그 자연은 내게 힘이 되었다. 팍팍한 삶에서 날 보호하고 지켜주었다.

소설을 쓰면서 내내 생각했다. 후손에게 물려줄 유산은 무엇인가. 그들을 위해 무엇을 해줄 수 있는가.

소설을 쓰면서 내내 훈련했다. 진실하게 사람을 대하는 법, 매사에 솔직하게 있는 그대로 나를 드러내는 법 등. 내 안의 모든 것을 끄집어내어 소설에 녹여내고자 했다.

오래 붙들고 있었던 소설이다. 드디어 내 손을 떠난다. 서운함과 기대감이 동시에 몰려온다. 아직 쓰고 싶은 소설이 많다. 사람들에게 조금이나마 도움이 되는 소설을 쓰고 싶다는 강한 열망으로 가슴이 설렌다.

이 소설이 나오기까지 고마운 분들이 많다. 작품을 몇 번이나 읽어준 문우들, 남편과 아이, 주변 사람들에게 진심으로 감사드린다.

2024년 7월

김서련